文庫

阪弁ちゃらんぽらん

〈新装版〉

田辺聖子

中央公論新社

目次

大阪弁ちゃらんぽらん

ああしんど

ああしんど、というのは、まずふつうに標準語でいえば、

おお　くたびれた

という意味であろう。

しかし、しんど、又は、しんどい、という大阪弁にはほんとはもっと複雑なニュアンスがこめられており、使う場合によっていろいろの意味をひびかせる。

「くたびれた」一辺倒では、解釈しにくい。「しんど」は「辛労」より来る、と牧村史陽氏の『大阪方言事典』にある。辛労が、しんろになり、しんどに変化していったのは、古く室町期ごろからで、それがしんどい、になったのは明和ごろ、一七

〇〇年代からのようである。

だから、しんどい、というのは由緒ただしき古語である。長いこと使っているうちに、さまざまな場合に応用させていったのであろう。

「ああしんど」

と真夏、白昼の日盛りを避けて物かげで腰を下ろす日雇いのおっさん、沖仲士、彼らがつぶやくと、これは全く、疲労困憊《こんぱい》くたびれた、疲れた、もうアカン、よう動かん、銭《ぜに》返すよって、働くのん止めや、あほらして、もう、テコでも動けるかえ、などという、いわば「しんど」のオーソドックスな使いかたになるのだ。

重いものを担ぐ、それも一瞬の労苦でなく、その持続を強いられたときに発する嘆声である。

ところが、これを、女がいうとまたちがう。前記の牧村史陽氏の本では、範例として、「中年増が畳の上へべたりと横坐りに膝を崩して」いうと、「一種のびやかな、いかにも漫然とした色気のある疲れ方があらはれてゐる」といわれる。

たとえば、花見疲れ、芝居見物疲れ、という結構なつかれ。

まず帯をとく。

色とりどりの紐《ひも》、帯あげ、帯じめ、おたいこの山、それらをとりすてて、着物をぬぐ。花衣が美しくとり散らかされた中に、長襦袢《ながじゅばん》姿となって、べったりと坐る。

「ああしんど……」

と年増（玄人さんでもよい）がほっとしていうわけである。るす番の婆さんに、

「何《なン》か、おあがりやすか」

と聞かれて、

「もうええ、おなかいっぱいや……」

などといい、ほんとは芝居のひいき役者を思い出して胸もいっぱいで、うっとりしたりして、プログラムなんかで、胸もとをあおいだりしている、なまめかしい、ああしんど、である。

若い娘だと、お見合の席から帰ってくる、着なれない着物を着て、帯で締めつけたのでモノもたべられず、動きにくく、帰ってくるなり、着物や帯を脱いで、

「ああ、しんど！」

と叫ぶ。

こういう娘は、堪《こら》え性《しょう》がない、と大阪弁でいうように、正月など、はじめてつくってもらった大振袖を着る、仰々しい袋帯など、美容院から来て締め上げる、体にひと巻き、ふた巻きされたところで、それにつれてクルクルと廻ってしまい、やがて美容師が、渾身《こんしん》の力をこめて帯を締めると、

「しんど！　しんどいわ、もうあかん」

などと騒ぎ立てるのだ。

そうしてきれいに着付けてからも、帯のあいだに指を入れて、

「しんどいわ……」

と切なさそうにつぶやいているが、これらはおおむね、バストがゆたかすぎるからだ。

着物を着るとき、洗濯板みたいな方が、きれいに着付けられるのである。

これがもっと若い子の場合だと、ゴーゴーなど踊りくたびれて席へかえってくる、

「ああしんど」

と可愛らしい声でいって、腰をおろすが、曲がかわると、しんどいのも忘れ、跳ね上がってまたとび出しておどる。色けはない、無邪気な「しんど」であろう。

女子高校生がバレーやテニスのクラブでしごかれ、はや日が暮れて、足を引きずるようにして帰る、真ッ黒に日灼《ひや》けして汗と泥によごれ、がっくりしてつぶやくのも、「ああしんど」であるが、これもまあ、女といい条《じょう》あんまり色けのない「ああしんど」である。

中年主婦がいう場合には、スーパー、デパート、市場をまわり歩いて、トイレットペーパー、洗剤を買い集め、両手に持ちきれぬほど持って、壁ぎわへ寄り、思わず荷をおろして、腰をのばし、

「ああしんど……」

などといったりする。

しかし、こういうときの語、こんなえらい目をして買出しするのは誰のためなのか、いまいましい、あのオッサンや、子供たちはこんな苦労、知っとんのかいな、という、ふくれっつらのニュアンスがあるのである。

更には、こういう風に思わず自分がもらすためいき、又は、人に聞かせるつぶやきのほかに、口に出さず、腹でつぶやく「ああしんど」もあるであろう。

これは世の、おおむねの男、そうではないかと思える。生存競争、弱肉強食、小が大を併呑する会社なり仕事場なりから帰る、満員電車を乗り継いでやっと降り立った駅、バスに乗るにも行列、バスストップから更に野こえ山こえしてたどりつく団地、そのまた一ばん端っこのひと棟の、さらに最上階の五階。

これでもか、これでもか、と苛《いじ》められるようなわが家へたどりついて、腹の底からわき上がるためいきは、

「ああしんど……」

であるが、男として、そういう女々しいことはいえないのだ。男はだまってこらえているのだ。

しかしもし口に出すとすれば、まさに、「男が家に帰ったとき」であろう。

更に、しんどい、には肉体的疲労だけでなく、精神的なそれも含まれる。消耗する、というふうな意味がある。

「舅《しゅうと》・姑、小姑が三人いるんですけど……でも、ご本人はいいかたでございますし……学歴も、これこの通り。小姑はそのうち結婚して家を出られますしね」

などと縁談の仲人が説得しても、

「ああしんど、そんな家へはよういきませんわ」

と娘さんは一言でいう。

気苦労、気ぶっせい、気が重い、人生が持ちおもりする、そういうふうなとき、一ことで凝縮すると、

「しんどい」

に尽きるのだ。

新入りが古参・先輩の顔色を見、気を使う、これまた、「しんどい」のだ。

この頃の若い者は、「ヨーイ・ドン！」の号砲一パツで、いっせいにスタートして走り出すが、何周めかであえなくダウンし、それも無念やるかたなき面持ちで落伍するのではない。あれよあれよと見るまに、しごく平気なツラで、ふらふらと列をはなれ、あたまを掻いたりし、

「しんどうて、あんなアホなこと、やってられるかいな」

と席へもどってくる。

男の根性もへったくれもない奴が多いのだ。

「何でこんな、しんどい目エせんならんねんな」

などという、あっけらかんとした省察が、あまりにもしばしば若者をおそい、落第だといわれても一向おどろかぬ、それより、追試験などといわれると、昔なら最後のチャンスと悲愴にがんばったものを、今の生徒は、

「ああしんど」

などとぬかし、学校当局の親心を有難いとも思わぬのである。

そういう子供は可愛げがないが、まだ幼児のころに、たどたどしく、舌足らずに話をする、自分でももどかしげに、一生けんめい、わからせようと乏しいことばを、つなぎあわせて、ゆっくりしゃべる、それを聞いているおとな、じれったくもどかしいが、可愛らしくてたまらない、

「ハイハイ、それで？……そう？」

などと聞き、やっと幼児が話し終ると、

「ああしんど……」

と、聞いている方が疲れたりする。

幼児だけでなくて、中風で口のまわらぬ人、どもり気味の人、ダラダラと牛のよだれのように長々しく、持ってまわった言い方をして千万言を費やしながら一向に要領得ない人、そういう人の話のお相手をしているときも、

「ああ、しんど！」

というのである。

イライラしながら遮《さえぎ》るに遮れない（遮られるようなら、ことは簡単で、一向、しんどくないのだ。遮れないから困るのだ。遮れる相手なら、ああうるさい、とか、さっぱり分らん、といってすむ）。しかし、そうムゲにきついこともいえぬ、という相手、そんな、えげつないことようせん、という人に対しては、じっと隠忍自重して耳かたむけるのだ。あきらめてじーっと聞いている、かるいひそかな舌打ちを、こっそりするが、それをおしかくさなければならぬ。

まさにそんなとき、相手が話し終り、話の大要がのみこめたなら、

「ああ、しんど……」

とホッと重い息をつく。

それからして、「ああ、しんど」には、人生を見透すような思いもあるのである。

たとえば、定年間近の男、子供はまだ中学生ぐらい、あたまに霜をいただくまで、まだ働かねばならぬ、それを思うと、男は気も遠くなり、「日暮れて道遠し」の人生の悲哀を感ぜずにはいられないであろう。

本人は、あきらめて、せっせと働き、いそしんでいるのだろうけど、こういう話は、聞いている方が思わず、

「ああしんど！」

と嘆声が出るのだ。そういえば、梅田雲浜《うんぴん》先生なんかの家庭の事情をみるに、

「妻ハ病床ニ臥《ふ》シ、児ハ餓《う》ヱニ泣ク……」

しかも本人は肩まくりあげて、これから国事に奔走しようという、聞いただけで、

「ああしんど」

と出てくる。

かくの如き場合に使う。

わが友、熊八中年に、しんど……といいますか？」

「どんなときに、私は、
と聞いたら、彼はしばし小首かしげ、

「さよう、僕らですと、まず、ポルノ写真なんか見たときでしょうか」

「へえ！　どうしてポルノが……」

「いや、ああいうもの、手をかえ品をかえ体位をかえ、相手をかえ、汗かいてむつかしいこと試みてます。どれ見ても、気力体力、充実してなければできそうにない、あんばい。ようう、こんなこと、やらはるわ思《おも》たら、つい、——ああしんど、と出ます。精《せい》出してやっとくなはれ、こちゃ知らん、という感じ」

ああしんどはこういう所にも使うらしい。映画館の成人映画の看板をみやりつつ、ああしんど、とつぶやいて通る中年者も、あんがい多いことであろう。

「あかん」と「わや」

あかん、という大阪弁がある。ダメだ、いけない、役に立たぬ、不可能だ、などという意味のことばで、どこから出たかというと、

「埒《らち》明かぬ」

の明かぬが、あかん、になったそうである。

大阪弁といっても、これは近畿《きんき》全部から、四国中国あたりまで使う、といわれているが、そうだろうか。

岡山の私の縁辺の者の言葉など聞いていると、「あかん」に相当する語に、

「おえりゃアせん」

とか、

「あくまアで」

などをあてていて、同じ「あかん」でも語意の粘稠度《ねんちゅうど》がたかい。

大阪弁でつかう「あかん」はもっと軽い。そして、語尾が澄んでいる。

いったい大阪弁は、みな軽くいうところに特徴があるが、ことにも、この「あかん」などは、軽くさらりと、澄んだひびきの言葉で、こればかりは物々しくいおうとしてもいえぬ言葉である。語尾を撥《は》ねてしまうのだから、仕方ない。

尤《もっと》も、「あかん」の語意の内で、いちばん普遍的に使われる、制止、禁圧、タブー、命令といったニュアンスの「あかん」は、多少重くなるであろうが、その重さ、物々しさは前後の言葉や表情で補わねばならぬ。

「触《いろ》たら、あかんで」

などと、「で」をくっつけて意味をつよめ、怖《こわ》い顔をしてみせたりする。「で」をつけないと、しまらないからである。子供たちは「ほたえたらあかんで」（さわぎまわってはいけない）などと叱《しか》られる。

私のウチは写真館であった。正月に小さな子供が晴着を着飾って写しにくる。正確には親につれられて写されにくる。物々しいカメラの前で子供はチョコマカする。親ははなれてカメラの横に立ち子供を見守り、

「動《いの》いたらあかんで」

と注意する。そして子供があまり聞き分けないと、怖い顔をして、

「あかん、ちゅうのに！」

と叱るのだ。

他国人が聞いておかしいものは、

「そこ、あけたらあかんで」

であろう。開《あ》けてはいけない、というのだが、早口でやられると何のことか分らない。私は、小説の中で、パーティで話のいとぐちをみつけようとする男と女の会話に、こういうのを書いた。

「ここへ坐ったら、あきまへんか？」と男。

「どこを開けますの？」と女。

「いやらしい人やな」と男。

こうして彼らは話に入っていく。

無能な奴、というのを、「あかん奴ちゃなあ」というのもある。これも「ダメな奴だ」と翻訳できるが、どうもこれでは悽愴《せいそう》、冷酷なひびきを帯び、見限った、というニュアンスがある。しかし「あかん奴ちゃなあ」という嘆息には、見捨てられない、このバカもん、チェッ、という親愛感が含まれてるようである。

それだけに、死亡のときに医者が、

「もうあきまへん」

といったのでは、軽佻に過ぎ、かつ、親しみ狎《な》れすぎてる感じで、似つかわしくないであろう、やはりここは重々しく、

「ご臨終です」

とあたまを下げなければ、ぴったりこない。ただし、病人の方が死期を知って、

「もう、あきまへん。あと、あんばい、お頼《たの》申します」

というのは、哀切でよろしきながめである。

あきまへん、というのは、むろん、「あかん」をていねいにいった場合の語尾変化である。あきまへん、あきまへなんだ、などと使うのは、あかん、あかんかった、に相当するものであるが、若い男など、逆用して、

「そんな奴、あくかいや」

などといっている。これは本来、あやまった言葉遣いで、「あかん」という大阪弁はあっても「あく」というのはないのだ。

しかし、意味を強めるため、「あくもんか」というような語感で使ったりするようである。

バンザイ、お手上げ、などと破産のことを表現する場合も、「アカン」という、而《しこう》して、不景気な昨今、小商人たちが、

「もうかりまっか?」

「アカン」

という場合のアカンは(私は片仮名でわざわざ書いたが)痛烈で短い。血を吐く

ような一語で、なまなましい。

合格発表を見にいった息子、むっつりと帰ってきて、すぐ自分の部屋へとじこもる。お袋が金切り声をたてて、

「どうやったんや？　え！」

などというとドアの向うで、

「アカン」

と一こと、こういうときのは短い。

「けど、なまめかしいのも、あるのとちゃいますか？」

と熊八中年、私は色々考えたが、大体、あかんというのは、「メッ！」と禁制する、役立たず、お手上げという方面専門で、そう色っぽいところで使うかなあ。

「使います。もう年で、さっぱり、あきまへん、などという所に用いる」

熊さんは自分のことからすべて、発想するらしい。

「それに、こっちはそのつもりがないのに、しきりとうながされ、イロイロ秘術をつくして弄《いじ》られる、そういうとき、男は悲鳴をあげ、あかんあかんというたりしま

すが、こういうときのアカンは、つまり閨房《けいぼう》用語でありますなあ」

この話になると、私はあかん。

「あかん」に似た大阪弁に、「わや」がある。これも、あかんと同じく、ダメ、支離滅裂、さっぱりむちゃくちゃ、失敗、頓挫、落花狼藉《ろうぜき》、というような意味がある。くそみそ、というニュアンスもある。

これは、例の牧村史陽氏によると「わうやく」誑惑《きょうわく》、枉惑《おうわく》からきて、わやく、になり、ついに「わや」になったそうである。而《しこう》して、氏のあげられる実例がおもしろいので左に紹介する。

「女房がお産で子供が風邪ひきで、おやぢが会社をクビになつたといふやうな場合——さつぱりワヤやがな、と頭をかいてすましてゐる」(『大阪方言事典』)

「あかん」と「わや」の差異はどこにあるかというと、私の思うに、主観的発想と、客観的発想のちがいではないか。

「ワテ、もう、あかん……」

と破産や瀕死《ひんし》の人はつぶやくが、これが、

「もう、ワヤですわ」

というとヒトゴトのように聞え、おかしい。そして、まだ立ち直れる余裕があることを示す。少なくとも、精神的にはその人はもう危機を脱した、というか、一段次元のたかいところから、ワヤな状況を見おろして、われとわが身を感心してる、というおかしみがある。

「わや」は名詞だが、「わやな奴」という使い方はない。ワヤにされる、ワヤにする、と使う。

男の中には、女がからかいやすい道化タイプの男がおり、女たちが集まって一人の男をからかったり吊《つる》しあげたり、いびったりして笑いものにする、それを男はニヤニヤして、

「……ワヤにしよンなあ」

などと満更でもない顔、そんなときに使うワヤが、一ばん普遍的なようである。

花見にいこうというので一同思い思いの趣向を凝《こ》らしてまちかねていたその日、天無情、雨が降って、予定も趣向もお流れ、

「さっぱりワヤや」

などと使う。

ワヤというのは、本来、きちんと整っているべきものがはからずも支離滅裂になっている、という意味があるのだから、もうかりまッか、ワヤですわ、という会話は、本来、ないのである。

ただこれが、

「石油危機のあおり食ろうて、ウチみたいな中小企業は、ワヤですわ」

というようなときには、しっくりとはまる言葉になる。

すべて渋滞、混乱状態を示すものの謂《いい》であると解釈してもよかろう。

アカン、は今でも生きていて、誰でも使うが、ワヤはそろそろ、老語（死語までいかない）になりつつある。

若い娘や青年が「ワヤや」というのをもう聞かなくなった。私としては「ワヤや な」とわが苦境を観察し、われながらその混乱状態を感心するというような、大阪人独特の、一拍、あいだを置いたゆとりやおかしみを、今の若者は失ったのではなかろうか、そのせいで、「ワヤやな」というコトバが消滅しつつあるのではないかと疑う。

もしそうなら、淋しいことである。言葉の忘れられてゆくのは、その言語風土を失ってゆくことだから。

今の若者は、妻が病床に臥し、子が餓えに泣き、自分が会社をクビになったときは、「もうアカン」と手放しで降伏するのではないか。

「ワヤやなあ……」とつぶやきながら、「何から手ェつけてこまそ?」とゆっくり周囲をみまわしておもむろに復興の槌音《つちおと》をひびかせる、というおかしみは、失ったのではないかと、おそれる。

ワヤやなあ、というとき、いくぶんの自嘲があるが、もしそれ、

「ワヤにしたんねん」

と攻撃的に使うとすれば、たとえば、恋人が心変りして、ほかの相手と結婚したりした場合。

三々九度の盃《さかずき》の現場へのりこみ、ヒステリックにわめきちらし、式場大混乱で

総立ち、花婿花嫁はこけつまろびつ逃げ、結構な料理はひっくり返る。仲人は泡食《あわ》って一一〇番をよぶ、なんて場合、本人はすーっと溜飲を下げ、

「式、ワヤにしたった」

とにんまりするのである。そうして、片や、花婿花嫁は大げんかになり、

「何やの、あの女は！」

「いや、その、あれは、その……」

と、こっちの夫婦仲は、のっけから「アカン」ようになるのである。

そうして私には、ゆとりのある「ワヤ」は、男女の間で使うのにも「アカン」より、適切な気がされる。

女房にボロクソにどなられる。甲斐《かい》性なしの飲みすけと罵倒される、はては女房の方から「出ていけッ」とどなりつけられ、匍《ほ》う匍《ほ》うのていで追い出され、しょんぼりした亭主が寒い外で震え震え、

「ワヤにしよンなあ……」

とつぶやく、その言葉には憤怒もいがみ合いもないのである。向うのいうことも

いちいち尤《もっと》もだとわれながら納得する、とぼけた味があり、「あかん」の一刀両断的な切れ味はない。

熊八中年は例の滋賀銀行横領事件の奥村彰子サンのような場合だという。つまり彼女がいっとき暮していたオッサンが、あるときふとテレビを見ると、わが家が映り、彼女が警官に曳《ひ》かれてゆく、てんやわんやの大騒動、こんな大それた犯人とは知らず、仲むつまじく暮していたのだ。オッサンはしばし絶句、やがて「ワヤにしよンなあ……」と呟《つぶや》いたろうというのである。この彼氏は週刊誌の報道によれば、心やさしき男で彼女に下着や化粧品を差入れしてやったそうである。しかく、「ワヤ」には、こういうやさしみ、ゆとり、があるのである。

「あほ」と「すかたん」

「浪花方言（上方なまり言葉）大番附」というのがある。勧進元は、『大阪方言事典』を出版している大阪の杉本書店である。

その中で、「あほらしい」は関脇の地位を占めている（これは、余談であるが、いう昭和四十九年度文壇酒徒番付の私の地位と同じである。——要らんこと、いうな！）。「あほ」という語は、まさに大阪弁の精髄ともいうべく、「あほ」ぬきにして大阪弁は語れない。

「あほ」という語ほど、大阪人の会話の中に頻出する言葉はないであろう。

これは「あほ」であって、「あほう」ではない。あほう、というふうに発音するときは、媚態、または揶揄《やゆ》をこめた口吻のときである。

「どや、今晩、え？　かめへんやろ？」

などと客はそそのかし、女たちは、

「ア、ホー」

と客の背中を「どついたり」する。

そういうとき以外に、「あほう」という発音はしないようである。よく、阿呆という字をあてるので、これを東京の人に朗読させると面白いよ。

「アホーなことを言わんと、おいて」

などと、勅語奉読のように重々しくいう。これはかるく、「あほ」とみじかく切る。

しかし、かの芥川龍之介のけったいな小説「或阿呆の一生」などは、やはり、「アホウの一生」と重々しく読まないと、「或るアホの一生」では、藤山寛美演ずるところの「あほ坊《ぼ》ん」の芝居になってしまう。

大阪弁の小説なり、芝居なりのときは「あほ」とみじかく読んで頂きたいと、切望するものである。

ところで、阿呆は阿房宮《あぼう》――かの、秦の始皇帝が作った宮殿の名から出たという
が、これも定説はない。

どうして、ＡＨＯが、馬鹿やまぬけをさす語になったか、言語学者にもまだ不明だそうである。

私の子供のころ、あくたれ口に、こんなのがあった。

「あほ・ばか・まぬけ・ひょっとこ・なんきん・かぼちゃ・土びん茶びん・禿げ茶びん」

あほは、一応、意味するところとしては、馬鹿、間抜け、魯鈍《ろどん》、痴愚、ウッカリ、脳足りん、ボケ、ぼんくら、とんま……などを包括したるものである。

しかし、それで以《もっ》て、では、馬鹿と直訳できるかどうかというと、これはちがうのだ。

だからむつかしい。

東京人をあいてに、

「あほやな、あんたは」

などとやらかすとたいへんなことになる。

「人をつかまえてあほとは何だ、この野郎！　表へ出ろ！」

と厄介なことになり、血の雨がふりかねない。東京人は、あほを直訳して、馬鹿とむすびつけるからである。

大阪のあほは、これは私の長年の持論であるが「マイ　ディア……」という感じで、親愛をこめた、ぼんやりした雰囲気《ふんいき》の言葉である。

会話の要所々々に入れるツメモノ、いわば言葉の発泡スチロールか、もくめん（緩衝材）か、というところ、べつに他意はなく、

「ヒャー、あきれた」

とか、

「おバカさんね」

とか、

「なんとまあ、要領わるい……」

という意をこめて、

「あほ」「あほやなあ」「あほかいな」「あんた、あほちゃうか」

などと使う。そこには侮蔑《ぶべつ》や叱責《しっせき》や嘲弄《ちょうろう》、憫笑《びんしょう》はない。だからこそ、大阪人は、無造作に頻発《ひんぱつ》する。一呼吸ごとに使う。

もしそれ、本当に罵詈《ばり》として用いるときは、

「あほんだら！」

などとつける。または、怒罵《どば》として、

「あほメ！」

あほのほが呆になり、ごていねいに人名風に語尾を付加されて、

「呆助《ぼうすけ》メ！」

などと、いったりしている。

更に、あまりの相手の迂愚《うぐ》に、怒る気さえうせて、呆《あき》れるばかり、というときには、

「あほらしていかん……」「あほくさ」

「あほらしやの鐘が鳴る」

などという。

だから、東京弁の馬鹿とは、同日に談じがたい。「馬鹿」といわれると、まさに一刀両断、弁解の余地もなくなってしまう。

また、まわりの人も、とりなしようもないであろう。

藤山寛美の「あほ坊《ぼ》ん」も、「馬鹿息子」と名を変えると、毒々しくなり、あほ坊《ぼ》んの飄逸《ひょういつ》ぶりが失《う》せてしまう。あほはあほなりに、常人の思いもつかぬ真実をつく、そういうおかしみが「馬鹿息子」からは感じられない。

まぬけ、とんま、と直訳しても、容赦ない感じである。

「アホのサカタ……」という歌がはやったが、これも「バカのサカタ……」といったんでは、オール日本の坂田姓の人が、一揆《いっき》を起すであろう。

「あほ」の使い方につき、例のごとく牧村史陽氏の『大阪方言事典』をのぞくと、次のごとき愉快なる範例をあげられている。

「今日電車に乗りましたらなア、なんや人が皆にやにや笑うて、わての顔ばつかし見てまんね。けつたいやなア思うて気イついたら、ズボンのボタンの間からさる又の紐が垂れてましてん」

「あほやなア」

などというときに使うのが、もっとも適切なのだそうである。

だから、いわば「あほ」「あほやなア」「あほかいな」は、大阪弁では間投詞、感嘆詞というべく、相手のおろかぶりを、同じところで、一しょに笑っているという感じである。

一段高い所から、裁決し、嘲弄しているのでは、決してないのである。

美しい妙齢のお嬢さんも、よく、この語を愛用される。

私は、いつか美しい女子大生の娘さんにさそわれて、評判高い映画を見んものと、映画館までいったら、一日ちがいで、すでに替っていた。女子大生は、可愛らしい声で、

「ヒャー、あほみたい……」

とつぶやき、落胆していた。

また、セッセとラブレター送ってくる男に、女がいうことも、

「あほみたい……」

女に気がないのに、手紙書いたり電話をかけたりしてうるさくつきまとっていると、そんな風にいわれる。そうして、結局、女に振られたとはっきりわかったとき、男は、しみじみ、それまでのおのが狂奔ぶりをかえりみ、なさけないやら、がっくりくるやら、

「あほくさ……」

とつぶやくのだ。かなりの金でも使っていたら、一そう、そのつぶやきは切ないものになろう。

あほ、という語のひびきは、きわめてなめらかである。

あ、と母音が、口にのぼせやすいところへもってきて、ふにゃっとぬけた「ほ」が接続すると、何だか、はぐらかされた感じ、よって、熊八中年にいわせると、

「やはり、これも、閨房用語でありますなあ」

と重々しくのたまう。この中年にかかると何でも閨房用語になってしまう。

「つまり、はぐらかされた感じがあるのがよろしい、思いもうけぬところから、『あほ』と声が出る」

「思いもうけぬところってどこですか?」

「つまり、炬燵《こたつ》の中とか、風呂場の中とか、社長室とか、蔵《くら》の二階とか、そういうところから、『あほ』などという、ひそかな声が聞えたりしますと、これはもう実に、なまめかしい、歌麿、英泉の世界ですなあ」

そんなところから「あほ」なんて言葉、私は寡聞《かぶん》にして聞いたことがない。

大阪人の罵言《ばげん》として、よく、接続して使うのに、

「あほ、すかたん」

というのがある。

この「すかたん」は、反対になる、過失を犯す、あてがはずれる、つまり、「スカくらう」というスカに、接尾語の「たん」がくっついたものである。

宝くじにはずれる、もくろみが挫折する、そういうとき「スカくろた」というが、「すかたん」も、ちゃんと名詞になっていて、

「すかたんな奴《やつ》ちゃ」

と使う。

私の思うに、すかたんは、イスカの嘴《はし》のくいちがい、という感じであろう。そこから、「することなすこと、へまばかりする奴」となり、転じて、「まぬけ、とんま」をも意味するのであろう。

しかし、熊八中年の私見によれば、

「あほは、その人間の持って生れたものに対しての罵言としても、すかたんは、もう一つべつの、人間ではどうすることもできぬ、運命に翻弄される、それを、同情はするものの、やはり、舌打ちせずにはおれぬ、そういうものがあります」

ということであった。

不運な人間を見るとき、人は、その不運に同情しながら、いつとなく、それがあまりに重なると、その人をかろんずるくせがあるものである。

ラ・ロシュフコオは、

「世にはとんまに生れついた人がある。運命までが、その人をとんまになるように強《し》いるのである」

といっている。

すかたん、すかたんな奴ちゃ、という言葉のニュアンスには、そんな気分もふくまれているようである。

「あほ」にしろ、「すかたん」にしろ、大阪弁の罵詈ザンボウの言葉は、あたりがやわらかなようである。わるくいうと、イキがぬけて、間が抜けているようである。

えげつない

えげつない、という大阪弁も、大阪人の愛好するところである。

この言葉は、戦前から、東京でも珍しそうにもてはやされたように記憶する。子供時分『キング』などという本がありまして、私は国定教科書よりも、もっぱら『キング』や『新青年』、はたまた『婦人倶楽部』などを愛読しておりましたが（マセた子供であった）、その中に、東京男と大阪女の出る恋愛小説があって、女が「えげつない」という語を使うと、男にはさっぱりわからん、という場面があった。作者はどなたであったのだろうか。片岡鉄兵氏のような気がするが、さればとて鉄兵氏の小説のどれがそうともわからぬ。

子供の私は、（そうか、ふーん、えげつない、は大阪弁であって、他国人にはわからんのか、ふーん）などと感心したから、おぼえている。

牧村史陽先生の翻訳によれば「濃厚な、辛辣な、酷烈不快」という意味になっている。

ともかく人目をそばだてる、心にツメあとをつける、ショッキングなこと、ものに対していう言葉である。

語源はこれも不明だが、江戸時代の古語に「いげちない」というのがあり、同様な意味に使ったらしいから、「いげちない」が「えげつない」に転訛《てんか》したのであろう。

更に「いげちない」は「厳《いか》つい」から出たらしい、と牧村氏は推理しておられる。

あんまりいいときに使わない言葉であって、むろん、これはホメ言葉ではない。

ズケズケ言いの人は、「えげつない人や」といわれる。しかし、「ズケズケ言い」ならそれですむけれども、「えげつない」はそれを上廻り、よりいっそう悪意をこめて人の心を抉《えぐ》りこねくり廻すという、どぎつさがあるのであって、いうなら、不快感の最高指数、そういうどぎつい不快を与えられた場合、「えげつない人やなあ、あんたも！」と吐き出すごとくいう。大阪では「えげつない人」といわれる人は、最低のランクである。

人のわるさ、しぶちん（ケチ）、いじわる、少々のうそつき、みえすいたおべんちゃら、はったり、腹黒、そんなものぐらいでは、「えげつない」は使わない。「けったいな奴ちゃ」ですんでしまう。

だから、えげつない、は極悪非道というニュアンスにもかよう。万人ひとしく、「それはあんまり胴欲な」とか、「無残悪辣な」

とみとめるような人、こと、言い草に対して、「えげつない」と使うのであって、「あほ」や「すかたん」のように、軽々《けいけい》に日常どこにでもころがせて使う言葉ではない。

「えげつない商売しはる」というと、これはハッキリ非難、軽蔑である。元来、大阪商人というものは、商《あきな》いのやりくちに自分なりのプライドをもっているものであって、儲《もう》かりゃいい、なんてもんではなかった。私が戦後、間もないころにつとめた大阪の店でも、商取引に口ぐせのようにいわれる言葉は、

「ウチは大道《だいどう》あきないとちがいまっせ」という誇りにみちたセリフであった。道ばたで一日ものを売って、あくる日は別のところへ逃げるという、アフターサービスというか、信用、責任をとらぬ商売ではない、というのを胸はって宣言するのだった。

それから思えば、堂々と大きなビルの店を張った一流商社が、石油危機を操作し、煽動し、値上げを画策《かくさく》して、巨利を博するというが如きは「大道あきない」に類していると罵《ののし》られてもしかたあるまい。

「えげつない商売しはる」

と見下げられるのは、こういうときなのである。

「女が男にいうときもありましょうね」

と私は、熊八中年にいった。

「たとえば別れ話なんかで、男が手を切ろうとして、むきつけにあれこれひどい愛想づかしをいう、女は腹立ちと悲しみ五分五分で涙まじりに、『ようそんな、えげつないことというわねえ……』とかきくどく、そういうときに使いますわねえ。『牡蠣《かき》舟やとなりは別れ話かな』は万太郎でしたか、そういうしんみりしたのとちがって、『えげつないことといいはる』となると、かなりうらみ辛《つら》みが深刻になりますね」

「そやけど、女かて、えげつないのが沢山《ようけ》おりまっせ」

と熊八中年は反対した。

「僕の友達、夫婦わかれしたとき、その女房《よめはん》、家財道具は申すに及ばず、電球の夕マから便所のスリッパから、友人のはずしといた金歯まで持っていきよった。そういうとき男は『フワー、えげつない奴ちゃ』と心の底から唸《うな》る。こういうとき、まさに、ぴったしですな」

「まあ、それはそうですが、女には限りますまい、男だって……」

と私がいいかけると、熊八つぁんは図にのり、なおも、

「男は主に、男同士でえげつない、といわれることをやりますが、何ちゅうても、女相手にえげつないことは、でけへんのとちがいますか。男が女をえげつのう苛《いじ》める、いうのは、まア聞きまへんな。二号つくる、浮気する、暴力ふるう、アル中になって家のもん質へ曲げる、それはいかにも横暴狼藉《ろうぜき》、虐待ともいえますが、しかしそれで以《もっ》て、『えげつない』とはいわん」

それはそうかもしれない。

えげつない、は人のミチにはずれてる、柄《え》のない所にむりに柄をすげるという、横紙破り、障子《しょうじ》破り、そこまでしなくとも、というあくどさ、みたいなものが含まれているのであって、それに相当する悪業といえば、男女の場合、結婚詐欺、というか、女心をもてあそんだ、というようなケース。それからさる有名な女流作家の場合のように、亭主が女中に子供を生ませたのを何年も知らなんだ、道で、もとの女中に出あって、抱いている子供を、マサカおのが亭主の子とも知らず、

「あらかわいい子供さんができたのね、おめでとう、よちよちアババ」

などとあやしていたりして、のちにすべてが発覚する、女ならだれでも血が脳天

へのぼり、カーッ！　ときて、

「あんまり、えげつないやないの！」

と血を吐く叫び、インク壜《びん》をつかんで投げつけるという、まあそういうときであろう。

「しかし、そういうたら、こんなえげつない女もおりまっせ」

と熊八中年は、男の立場に立っていった。ある身上相談にあった話、交通事故で身体障害者になった男の妻、男と三人の子を捨てて愛人と逃げたが、その家の出かたがいかにも、えげつない。妻は男の療養中、働きに出ていたのだが、ある日の深夜ちかく電話してきて、「帰りがおくれたので車で迎えに来てほしい」と場所をいった。男はそこで一時間半待ったが妻が見つからず、家へ帰った。

と、妻の荷物からテレビ・家財にいたるまで、定期預金の証書もろとも、一切合財《いっさいがっさい》、運び出されていたのである。

「これは、えげつない。人間のするこっちゃない」

と熊八つぁんはいい、私は、それは女の考えにしてはえげつなさすぎる、ことに男を呼び出しといて、そのひまに運び出すというのは、空巣の常套手段で、きっと妻の愛人の入れヂエであるといった。

えげつない、は、だから、「あまりといえばあんまりな……」という言外の非難、呆然自失を伴ったショックも含まれる。

着物でも、斬新《ざんしん》大胆、といえば聞えがいいが、ハシにも棒にもかからぬ、ヤタケタ（やたらに）なけばけばしい柄のものなどを、「えげつないガラやな」などといい、むろん、これは、おとしめていうのである。

私の子供のころは、呉服屋の番頭が、丁稚《でっち》小僧をつれてつづらを背負ってやってきていた。一反ずつとり出して、扇雀に似た番頭がスルスルとほどいて、曽祖母《そうそぼ》、祖母、叔母、母、はては遠くからのび上って見る女中衆《おなごし》たちの前にひろげてみせる。むろん、わが家の好みなど知りつくしている、長年出入りの呉服屋であるから、とっぴなものはもってこぬ。大阪の人の美的基準は、「こうと」であって、これは、渋いとか、地味、高尚、上品という意味である。「こうと」な柄の着物を好み、誇りにする。その反対は派手である。さらに品くだれる安っぽい柄は「えげつない」

である。番頭が、ときに気を利《き》かせすぎて、現代風な反物をひろげると、

「そんな、えげつないもん！」

と曽祖母は口をゆがめていい、煙管《きせる》の先をはねて、はよ仕舞いなはれ、というしぐさをする。この「お家《え》はん」は、そういう尊大さがゆるされていた。

更に、えげつない、には下品、ワイセツの意味も含まれる。

これも、ふつうのワイセツ、雑駁《ざっぱく》ではなく、何ぼなんでも、目にあまるやないかいな、というような所に使われる。

だから、私などにいわせると、野坂昭如センセイが恐れ多くも検察庁相手に争っていられる「四畳半襖《ふすま》の下張」など、ちっとも「えげつない」とは思えないのである。第一、あれは発行部数もそんなに多くない小さな雑誌にのったものであり、かつ、読んでもたいていの人は（とくに若者は）、よくわからない。読む人は読むし、読まない人は読まない、というかなり趣味性のたかい文章であって、それをわざわざとりあげてどうこう、という検察庁や警察の方がおかしい。

そんなものに目くじらを立てるくせに、映画の看板のえげつないのを黙認するの

はどういうつもりだろうか。まあ、大阪は梅田新道の西側歩道橋に立ってみなさい。視界いっぱい大空に、男女の痴態がくりひろげられていて、あられもない閨《ねや》のあですがた、歩道は上も下も天下の公道ですぞ。そんなことしていいのか。

あれをしも「えげつない」といわずして何というか。

いまの若者は、とひとくちに、オトナはわるくちをいうが、若者はみな、さすがに看板のえげつない毒気にあてられるのか、顔をそむけて、さっさと歩いていく。

何のかのといったって、若者の方に、清潔な羞恥心《しゅうちしん》はいくぶんかは残っているようである。

それにくらべ、救いようのないのは熊八つぁんのような中年で、えげつない映画看板をじーっと見入り、ううむと感嘆し、

「こんなん、もう、何年も知りまへん」

とうたた感慨に堪えぬふう、映画のことかと思うとさにあらず、わが身の上にひきくらべてのご述懐らしい。

えげつない、は、中年者にこそ、使うべきではないのか。

しかし熊八中年は首をふり、

「いやちがう。中年になると、えげつないのから遠ざかりまっせ。わが身の脂《あぶら》っけがぬけるさかい、却《かえ》って、えげつないもんにあこがれますねん。若いもんは、自分自身えげつないよって、外のえげつないもんに反発しよんねん」

チョネチョネ

チョネチョネという大阪弁は、牧村史陽先生の『大阪方言事典』にはないが、あんがい、巷間《こうかん》では使う。比較的、新しいのかもしれない。

これは、イチャイチャとでもいうような意味であるが、イチャイチャよりも、意味が「えげつない」、濃厚である。

どだい、イチャイチャが、いいかげん、いやらしいのに、それより上廻っていやらしいのだから、想像はつくであろう。

それにしても、こんな形容語を考え出した人は、いったい誰だろう。大阪人というのは、いやらしい語感を創造することにかけては天才的である。

チョネチョネを他国人が言いまちがえて、ネチョネチョといったことがあったが、まアこの語感も似たりよったりだから、大差ないものの、やはり、チョネチョネの卑猥《ひわい》、淫靡《いんび》には及ばない。

とかく、大阪人というのは、下品な感覚に於《おい》ても、世界に冠《かん》たるものである。

どういう風に使うかというと、

「何やいな、もう……そんなとこでチョネチョネしてられたら、かなわんがな」

などと、中《あ》てられた人は、中ッ腹でいう。

「物置でチョネチョネしとったら、そこへ戸ォあけて亭主はいって来よってん、えらいこっちゃった」

などと、いったりする。

「お口あけなさい。食べさしたげるから。ほーら、ああん。おいちい？」

などというのを子供にやってるとチョネチョネとはいわない、女が男にやると、まわりが、

「そうチョネチョネするな、いやらしな、もう……」

という。

「一杯つごか、ええがな、ええがな、酔うたら介抱するがな、まあ飲みいな、酔わせて聞きたいことがある、言いまっしゃないか」

などと、男が女に飲ませようと、もつれたり、差しつ差されつ、押しもどしたり、てのひらを打ち合せたりしていると、

「オイオイ、もう、ほんまに、そこチョネチョネするな、目の毒やないかいな」

と一座はやっかむ。

而《しこう》して、チョネチョネは男女和合の痴態の形容ではあるものの、これを使うとき、非難や叱責《しっせき》の気分はないのである。それはそうで、腹の立っているとき、

「こらッ、チョネチョネすんな！」

などと、どなることはできない。チョネチョネ、というような、まだるっこしい、のっぺりした、もって廻った言い方では憤怒《ふんぬ》を投げつけるのに適当ではないのだ。

隅《すみ》っこで男女二人が戯《たわむ》れている、何をさらすのや、この忙しいときに、と怒り心頭に発した男は、大喝《かつ》一声、

「このあほんだら！　ええかげんにせえ！」

とやらかすのであって、この際、「チョネチョネするな」と、どなったりはしないものなのである。

これでみても「チョネチョネする」は、平和的な言葉なのである。闘争や瞋恚《しんい》を挑発するものでは決してないのである。

他人がチョネチョネしてるのをみると業腹《ごうはら》ではあるものの、しかし、一点、うらやましくなくもない、ええい目障《めざわ》りだ、と思っていても、やっぱり、そっと見たいのが人情であって、向うも存外厚かましく、見られたって平気でやってはる、いや、見られる方がうれしいらしい、もうほんまに、けったくそ悪い、ヒャー、あんなことして、口うつしに飲ましてけつかる、いやらしなあ。

「オイオイ、もうたのむで。こっち独《ひと》りもんやで。そうチョネチョネしてくれるなよ、今晩寝られへんやないか」

などと最後に哀願したりする。

チョネチョネしてるのを見て、あたまに来て流血沙汰《ざた》に及ぶというのは、たぶん女の亭主か情夫が見たのであろう。

私は熊八中年に、イチャイチャというのは標準語で、チョネチョネは大阪弁であるが、この二者は、どういう差異があるのであろうか。また、他国人がしばしば言いまちがい、聞きまちがえるネチョネチョと、どうちがうかを問いただした。熊さんおもむろに、

「それは、ですな。卑猥度に於てはやはり、チョネチョネが一ばん上でしょう、下はイチャイチャで、まん中がネチョネチョ」

「どういう風にちがいますか」

「イチャイチャというのは、まあ、子供が押しくらまんじゅうするみたいな感じ、おもに目と目で挑《いど》み合い、会話で妄談褻語《ぼうだんせつご》をたのしむ、上半身の痴態ですなあ」

「ではネチョネチョは」

「上半身でもまん中のあたりをさわったりして。つまり、オッパイやなんか」

「すると、チョネチョネは」

「やはりヘビー級といいますか、あと残った部分ではありませんかな」

「残った部分、いいますと」

「下半身にきまってますやろ！」

「いやらしい人ね、熊さんて」

上方歌舞伎の世話物なんかでも、かなりエロティックな場面が多く、そのエロ味は、どうも今どきのポルノ映画や小説とは一味《ひとあじ》ちがい、ねッとりして、納豆のように糸を引く、重いねばりがある。おそろしく甘いものを無理強《むりじ》いに食べさせられたような、胸にもたれる味である。

チョネチョネは、そういう味である。それで以《もっ》て他国人も、いろいろ説明すると、「うーん、そういえば、イチャイチャよりは、いやらしい感じ、というのはよくわかるなあ」

と嘆じたりする。

ところで、この「いやらしい」であるが、むろん、今まで使ったのは、卑猥な意味を指す語として使ったのである。

現代では、全国的に、「いやらしい」はエッチな、とか、淫奔な、とか、好色な、とかおもに性的嫌忌《けんき》をあらわす語として用いられている。

「いやらしいおっちゃん」

といえば、熊八氏如き四十男、五十男の中年者を指す。更に、そういう中年男が、目の色を輝かせて近くへ寄っただけで、若い女の子などは、

「キャーッ、いやらしい！」

と蜘蛛《くも》の子を散らす如く、八方へ散ったりする。白い車にベレー帽のボクちゃんなどは、寄って来ても「いやらしい」とはいわれず、「けったいな人」といわれるであろう。本質はボクちゃんの方が、世紀の大性犯罪者であろうとも、うち見たところ、いかにも四十男の方が好色そうだからである。

これで以てみても、「いやらしい」は、性的な方面にばかり発揚するようであるが、しかし、大阪弁の本来的な「いやらしい」は、一般的なものである。

これは、『大阪方言事典』にも載っている。

「嫌だとはつきり言はずに、〝イヤラシイ〟とぼかしていふ。〝イヤラシヤノ〟などといふと、さらにやはらかくなる」

とある。

この「いやらしやの」という、近松の浄瑠璃《じょうるり》にありそうな言葉は、今でこそあまり聞かないが、私の子供時分はよく聞かれた。祖母などが、子供の捕ってきた蛙《かえる》などを見て、

「おお、いやらしやの」

とつぶやいたりしたものだ。曾祖母《そうそぼ》は、頭が痛むときなどは、ためいきついて、

「うたてやの……」

といった。私は「うたて」を大阪弁だと思いこんで育ったから、後年、国文科へはいって「源氏物語」のテキストに、「あな、うたて」（おお、うっとうしい）という言葉をみつけたときは一驚した。「……ヤノ」という女言葉は、近松以来の浪花《なにわ》の女言葉なのであろう。

「いやらしい」は、ごくふつうに使う。性的ないやらしさの折にもむろん使うが、学校におくれそうになってまだ、よく寝込んでいる子供を起すのに、

「いやらしい子やな、おくれるやないのッ」

と母親は金切り声をあげたりしている。知らない人はそれを聞いて、息子がベッドで一人何かしていたかと、カンちがいするかもしれぬが、そうではなく、この場合の「いやらしい」は「何というスカタンめ、ぐうたらの、だらしのない、ナマケモノ」という意味をひびかせているのである。

意地悪をされて、腹に据えかねる、あまりといえばあんまりだと、若いOLが先輩OLに訴え、「あの子、いやらしいんです」というときも、べつに理不尽なことをしかけられて、仰天して逃げてきたというのではない、あまりに同僚として協調性がない、というだけにすぎない。

「いやらしい」は、これはどうも大阪の女ことばではないかと思う。

男たちは、一般語としてはあまり使わない。

「いやらしい奴ちゃな」

と男たちが憤慨するときは、腹黒い仕打ち、あくどいやり方、汚ない商い、人を蹴落《け》しても自分を売り込む、そんなことに対して向けられるが、女ほど頻繁《ひんぱん》には使わないみたいである。

そこへくると女は吐く息吸う息に「いやらしい」を使う。

「いやらしいなあ、こんな小さい卵二十五円やて」

などという。

「あら、いやらしい、この本、ページ、飛んだアる」

東京でいえば、「まアいやだ」という位の語感であろうか。

「いやらしいわ、その柄《がら》」

などと使う。

これも他国人が聞くと、長襦袢《ながじゅばん》に浮世絵でも描いてあるのかと思うだろうが、牡《ぼ》丹《たん》の花がけばけばしく飛んでるというもの、こう、「いやらしい」を頻発《ひんぱつ》されては、聞いてる方はまごつくであろう。

だから、大阪の、嬢《いと》はん学校、××短大、〇〇女子大などへ講義にくる先生、大阪生れの教授なら耳なれているのだが、東京から週に何度、月に何度と西下して講義にくる先生は、面くらってしまうという。何か冗談をいうと、花のごとき妙齢の美女群、キャーッと黄色い声で笑い崩れ、

「いやらしわア……」

という。べつに「いやらしい」ことをいったわけでもないのにと、若い教授など、立ち往生するそうだ。

だから、東京生れの奥さんなどもらった先生は、弁解これつとめなくてはならない。

先生の所へ、女の子があそびに来て、頻繁に、

「いやらしいわア」

と笑い崩れていたりすると、奥さんはキッとなって、隣室でいらいらし、客が帰るや否や、足音荒く襖《ふすま》をあけて立ちはだかり、

「あなた、何をしてたんです、いったい！」

と声を張り上げたりする。

誤解を招きやすい。しかし、「おおいやだ」という語が、大阪へ来たら「いやらしい……」とおぼめかして使うのだと思えばわかりやすいのであるが。

私が使うとすれば、

「ワー、もう締め切り来たんか、いやらしいなあ」

という具合。しかし熊八中年は、使うとすれば、

「中年女のいやらしさ、というほかに、いやらしいという言葉の使い方は思い浮びまへん」

などという。いやらしい男である。

けったいな

けったいな、という語ほど、大阪人が頻発するものはないであろう。

私もよく、かくものの中に使う。

而《しこう》して、この宛字《あてじ》がむつかしい。私が好きなのは、

「怪《け》ッ態《たい》な」

という宛字であるが、新聞社ならびに出版社には篤学《とくがく》の士多く、この宛字のいんちきをすぐ看破して、ただちに朱筆をとって、

「希代な」

と書き改め、それにわざわざルビを振って下さるのである。

ところが、私は「希代な」ではその感じが出なくていやなのである。いかに私の無学・雑駁《ざっぱく》なる神経が露呈しようとも、やはり「怪ッ態な」という字の方が、感じを伝えている気がして好きなのだ。「けったいな」お世話、というところ。

尤《もっと》も、そう改められる方が正しいのであって『広辞苑』をひもとくと、

「希代《けたい》の促音化である」

と書かれ、『大言海』にも、

「希代《きたい》の転。京畿にては、キをケといふ」

とあるから、希代の方が由緒正しい、字遣いであるのだ。

しかし、「けったいな」というのは、怪奇な、ふしぎな、へんな、妙な、あやしい、辻つまのあわぬ、という意味がある。

へんてこなようす、おかしなたたずまい、ふにおちぬありさまを指す。

であるから、怪しき状態、奇ッ怪なる態《てい》たらく、という意を言外にひびかせて私は、

「怪《け》ッ態《たい》な」

と書くのであるが、無残に削られて「希代」になったり、「怪体」になったり、書取りの答案が戻されたごとく、私は、直された字を見て、「ハハア……」と感じ入っているのである。

ところで、けったいな、というのは今いった意味があるが、この使い方は実に自由自在で、標準語で、この意味をすべてふくんだ語をさがそうと思うと、どうしてもあてはまらない。

へんな、きてれつな、というより、いわばおかしな、が近いがこれも一つだけでは物足らない。「おかしなおかしな……」と二つもくっついた映画の題や小説の題があるが、あれはひとことでいうと、「けったいな」ということなのである。

亭主がお袋の味を讃美する、何さそれ位、私だって作れますよと、女房が自慢たらたらで作る手料理、家風も違えば味付けもちがい、亭主はひとくちたべて、内心、

(何や、けったいやなあ)

と思う。しかし、口に出していうことはできぬ。女房が勝利感に顔を輝かせ、「どう？お母さんのよりおいしくできてるでしょ」などときくからだ。亭主よん

どころなく、

「まあ、ソコソコのとこやなあ」

といい、じつに以《もっ》て大阪弁というのは老獪《ろうかい》なること家康の口約束にさも似たり。ソコソコのとこ、というのも、けったいな言葉で、ほめてるのかけなしてるのか、双方にとれるから、どっちも傷つかなくてよい。

「けったいな家やなあ」

というのは、たぶん、最新流行の尖端《せんたん》をいく建築家が、グラビア用に建てたような家、中へ入ってみるとトイレをつけ忘れていたりするハイカラな家。

「あいつ、どうもけったいやで」

などと職場で噂《うわさ》されるのは、初老期鬱病《うつびょう》・ノイローゼというようなのでもあろうか。こういう噂が立つと、ほどもなく、上司から本人の奥さんに電話がかかり、

「少し疲れていられるようですなあ、休養させてあげて下さい」

などといわれたりするのである。

「あんたの係りの編集者はみな、その危険があるのん、ちゃいますか」

と熊八中年、けったいなおっさん。

また、平素、しぶちん（ケチ）な人が、珍しくお茶を奢《おご》ろうといってくれる、うかうかついていくと、えらい頼まれごとをしたりして、なーんや、道理で、

（けったいやな、思《おも》てん）

と内心つぶやいたりしている。

若い娘さんが使うときには、たとえば会社でストッキングを破ったりする、用意のいい子がいて、いつも新しいのをひき出しに入れている、それを借りて、

「なんぼ？」

とお金を払おうとすると、気のいい子で、

「けったいな子やな、かめへん、それバーゲンのんやもん、ええ、て」

などという。イヤそう？　大きに、といって借りた方はまたバーゲンのストッキングでお返ししたり、ということがよくある。この場合、「けったいな子やな」はとんでもない、というような感じをひびかせる。牧村史陽氏にいわせると、若い女性から男が、

「ケッタイな人！」

といわれたら、解釈がむつかしいそうである。

「常識を逸した男といふ意味にもなり、いやらしい人、助平ともなる。しかし、求愛などの場合に、〝ケツタイな人〟と軽くあしらはれるやうなこともあつて、そんな時にはまだ脈があるかも知れず、その場の空気によつて適確な判断が必要である」

とのべていられるが、この物々しい説明がいかにもおかしい。

「しかし僕に言わせれば」

と熊八中年がいった。

「けったいな、にはどこがどうとも口ではいえんが、どうも辻つまあわぬ、妙な、という意味もありますなあ」

「ええ、むろんそんな意味もふくんでいますね」

「たとえば、僕の友人の友人ですが、夫婦別れした。そうして、その女房《よめはん》を……いや、別れたから、もう女房やないけど、ともかくその婦人を、こんどは二号にした。

……いや、その男はまだ独身やさかい、二号も一号もないけど、ともかく、その婦人を、愛人にした」

「また、ややこしい……。それくらいなら、もっぺん、結婚したらどうですか。世間には一度別れた夫婦が、また同じ相手と結婚したというのは、ようありますよ」

「いや、その男は、もう結婚はコリゴリ、いうとんねん。しかし好《え》え男なんで、女は何ぼでもつく。それ片っぱしから、愛人にしとんねん。モトの女房も、その一人や」

「すると、みんな零号ですか」

「そうです。光源氏みたいなもんで、毎晩好きなとこへいって、日曜だけ、自分のアパートで休日を楽しんどんねん」

「けったいな人!」

こんなん聞くと、けったいな、というよりむしろ、私としては、

「けったくそわるい」

という感じ。けったくそわるい、というのも、江戸期からある古語で、「ええい、

いまいましい」というような語感である。けったいな、という広範な語義とちがって、ぐっと狭く、絞られてくる。やっぱり「くそ」などという罵言《ばげん》が挿入されているだけに、不愉快という感じである。

「けったい」も、ときと場合によっては、物々しくなりもする。アパートの一室へ、入れ代り立ち代り訪れる風態《ふうてい》のあやしき若者たち、

「どうも、けったいやなア、と前々から思《おも》てましてん」

と、内ゲバで散々荒された部屋をのぞきこみながら、隣室の住人たちは唇を震わせるのである。

子供のころ、私たち大阪っ子は、「ケッチ」という言葉を使っていた。意味は同じ。

けったいな、を約《つづ》めていったものか、それとも語尾が変化したのか、尤も、大阪人というのは、オトナコドモを問わず、何でも略していう癖《くせ》がある。これは大阪人だけでなくて、日本人の癖かもしれないが（マスコミ関係の人にはことによくあり、第一スタジオを一スタ、第一カメラを一カメといったりする如くである）。

私のお袋は今を去る半世紀昔、岡山から大阪へ嫁に来て、いたくうろたえたのは、大阪人が地名を略することだったそうだ。

日本橋一丁目を、市電の車掌が「日本一！」と叫ぶ。岡山人は、日本一というのは、桃太郎のことだと思って、キビ団子をすぐ連想するから困ってしまう。

「天六！」というのは天神橋筋六丁目で、「上六！」というのは上本町六丁目、「梅新」が梅田新道で、「マッチャマチ」は松屋町のこと、

「おい、ハッスジ歩こか」

といわれたら戎橋筋のことなのである。だから「ケッチな」も、私には、語尾変化より、早く短くいったせいのように思われる。

漫才などでも、スピード感のある若手のを聞いていると、

「けたいな奴ちゃな」

と発音している。けったいな奴やなあ、といっていたのでは、もはや若い者は、まどろこしいのであろう。

私が、けったいな、で一ばん適切な、と思うのは、すこし話が現代ばなれするが、

かの「源氏物語」の中の、末摘花《すえつむはな》の君などである。

あの女性くらい、「けったいな」人をうまくかきあげた典型はいない。

まず、顔からして、けったいである。髪だけは長く美しいが（一点、いいところのあるのが、心にくい）鼻といえば赤く垂れ下って見るもきのどくな位。

女は醜貌でも、才気があれば、どんなふうにもつくろえるものだが、末摘花は、才気もなく、源氏の君がものをいいかけても、

「ムム……」

とほほえむだけで、こっちのいうことが分ったのか分らぬのか、てんで手ごたえがない。

歌をよみかけても、その情趣を解しないらしい。

気立てがよいといっても、結局はひびきがにぶいのだ。

さりとて、べつに悪女でもなく、それどころか、ひたすら源氏の君を頼りにしていて、捨てるに捨てられず、それならそれでじっと人目につかず引っこんでいればいいが、何かあると、いやに昔風なりちぎさで、人なみに源氏におくり物をしたり

する。それが気の利《き》いたものができようはずがなく、人前に出すさえ恥ずかしい時代おくれなものものしい品、悪気がないので怒りもできず、いっても分る人ではなし、結局「けったいな人！」というのにつきる。

しかし私の聞くところ、「あの二人、けったいやなア」というのは知らない。怪しい仲、という場合には、けったいな、は使わないようである。使うときもあるけれど、原則としてやはり、「けったいな」には、平仄《ひょうそく》の合わぬ、とか、どこか齟齬《そご》をきたす、というふうな雰囲気《ふんいき》があるからであろう。

「けったいな仲、という場合には、よっぽど取合せの意外性、ちゅうのもふくまれるでしょうなあ」

と熊八中年はいった。

「つまり、おせいさんと郷ひろみがとくに親しげにしとるとか。佐藤愛子さんと野口五郎が隅っこでチョネチョネしとったとか。すると、あの二人、けったいやなア、という」

「ほっといて下さい」

私だとて、年こそ四十路《よそじ》を越えたれ、どんな拍子で、郷ひろみ君とどうならぬものでもない。女実盛《さねもり》の心境である。しかし向うは、「けったいなおばはん」と思うであろう。

こまんじゃこ

こまんじゃこは子供のことである。いまは興行やマスコミ関係から出た「ジャリ」という言葉がもっぱら、子供をさすものとして使われるが、昔は、コマンジャコであった。「細ン雑魚《こまじゃこ》」で、ハヤ、モロコ、フナ、(メダカも入るか?)などの小魚をいう。平林たい子氏の名言「とかくメダカは群れたがる」のたぐいのジャコと思えばよい。私なども裏路地でメダカの群泳のごとき子供の一団を見ると、「こまんじゃこ」という言葉がじつに適切に思われる。

私の小さなころ、弟や妹と家の中でうろうろしていて祖父の目に止ると、祖父はきまって、

「この、こまんじゃこが……」

といった。それは可愛いなあ、という思い入れのときもあるし、一人前の口の利《き》き方をして、と笑うときもあるし、忙しいときだと、「足手まといや、のけのけ」と蹴《け》ちらかす語感もふくまれている。而《しこう》して、わが祖父の場合は、つねに忙しがっている、仕事熱心なイラチの男であったから、つねに後者の語感をひびかせていたのである。

昔の子供は、地位が低かったものである。余計者から厄介者《やっかいもの》、居候に毛が生えたぐらいの「米喰《く》イ虫」、とてものことに一家の花形になって蝶よ花よといわれることはない。家中の王様は、家長である。私の家では家長は、現役で商売の実権を握っている祖父であった。祖父の上にお家《え》はんたる曽祖母《そうそぼ》が居り、父の弟妹五人、祖母、店員女中《おなごし》衆合わせて二十数人という大家族の中で、子供は、「のけ、こまんじゃこ！」とあしらわれるのである。今の子供のように、家長すら屈伏して、すべて子供本位、子供中心ということには決してならない。

これは時代のちがいというより、核家族と大家族のちがいであろう。

こまんじゃこの生き甲斐《がい》は、学校から帰るや、平べったい大きな一銭銅貨を一枚握りしめて、駄菓子屋へ走ってゆくことである。この駄菓子屋はなぜか、姓を呼びつけにされる。「イノウエで買《こ》うて来《こ》」「ムラタへいってくる！」などという。ヨーヨー、凧《たこ》、おはじき、蠟石《ろうせき》などにまじって、ワラビ餅《もち》のような「ベロ」と呼ぶたべもの、オカキ、せんべい、「当てもん」がある。紙を破って当りであると、たべものやオモチャを手にできる。

「写し絵」というのがあった。これの進歩したのは今でもあるが、昔は粗悪なもので、ツバで濡《ぬ》らして、手の甲や腕に写して、「イレズミや」などと喜んでいた。

屋台が次から次へとくる。

しんこ細工、洋食焼き、しがらきわらび餅、紙芝居。じつにもう、一銭がいくらあっても足りない。

小学校の玄関正面には寒暖計と並んで、

「一銭ヲ笑フモノハ一銭ニ泣ク」

という格言が、荘重に掲げられていたが、私はムダ食い、ムダ遣いの大家のこまんじゃこであったから、この格言は身に沁《し》みた。

夏の天神祭などは十銭がもらえる。大家族のありがたさ、父が十銭、母が十銭、祖父が十銭、その他いろいろ、五六十銭は手に握ることができる。絽《ろ》の長袖の夏の晴着を着せられて、天神サンへ走ってゆくときの、天にものぼらんばかりの心ときめき。

水中花、綿菓子、山吹鉄砲、金魚すくい、片はしから買ったり、こころみたり、大散財。

そういう大金の入ったときには、アイスクリンを買うことができる。

昔々はアイスクリンの行商があった。木の手桶《ておけ》の中に、真鍮《しんちゅう》の筒《つつ》があり、何だかガラガラまわしていて、卵の黄味がたっぷりありますというしるしに、真ッ黄色に色つけされている。五銭ぐらいであった。これが、かき氷屋で売られるようになって、金時《きんとき》アイス（あずき入りのもの）、イチゴアイス、三色アイスなどできた。

それにしてもどうして大阪弁は「アイスクリン」と語尾を跳ねるのか、「当てもん」もそうだが、ヨタモン、バケモンなどという。ことにおかしいのは、「お喋《しゃべ》り

屋」というほどの意味の、

「シャベリン」

であろう。西洋人の名前のようだが、

「あの子、シャベリンやし。いうたらあかんで」

などと使う。梅檀《せんだん》は双葉よりかんばし。シャベリンの女は子供時代からシャベリンである。

ついでにいうと、女の子の語尾につける、「し」も、今はなくなってしまった。私の子供のころは「そうやし」「ちがうし」と使っていた。「……なのよ」「……わよ」というような語感で、連用形のような感じの打ち止めがやわらかいひびきをもたらす。いまも京都の女の子が、すこしニュアンスを変えて使っている。

「そういうたら、何でも名詞にしてしまう癖が大阪弁にあります」

と熊八中年、

「ゲラゲラよう笑う子を、『ゲラ』、チョカチョカする子は『チョカ』」

ちっともおちつきなく、がさがさと動き廻っているのが「ガサ」、なまけものでのらくらとしているのが「ノラ」。

ごく簡便に、すぐ名詞にしてしまい、それで以《もっ》て、よくニュアンスをつたえる。

ガサと、チョカは、やはり似て非なる気がする。

「チョカは、とくに大阪の下町っ子に多かった気ィする。注意力散漫、消しゴムを床にころがしたり、墨《すみ》を隣の席の子の服にこぼしたり、先生のいうことを半分聞いていつも早とちりで失敗するような子。悪気はないが、大物ではない、とひと目で分る子。ガサの方はすこし、粗暴というような意味が加わりますか」

と熊八中年はいった。私はきいた。

「熊さんは何でしたか」

「僕はゴンタの方でした。あんたはイケズの方ですかな」

ゴンタは腕白、いたずら少年のことで、「義経千本桜」のいがみの権太《ごんた》から出ている。言いがかりをつけてすごむヨタモノから、手に負えぬ腕白者、という感じで使う。

イケズはいじわるのことで、底意地のわるい、というふうな、ひねくれた意地悪さが加わる。もとはこれも、ナラズモノ、ワルモノの意があったが、もっぱら根性わるという意が代表し、根性わるは男よりも女に多い、よって女の周辺によく使われるようになった。「イケズどすな」と舞妓《まいこ》さんが客の背を叩《たた》いたりしていることもあるが、やはりイケズの真骨頂は、姑、ハイミスの上司、女のライバルなどであろう。

私はイケズというような、陰にこもって隠密行動に徹する意地わるはしませんでしたよ。

私は体が小さいし、イケズをする才覚もないので、遠くの方からハヤシ立てるのが得意な女の子であった。ヤーイヤーイ、といってまず、憎むべき相手の注意を喚起しておき、できるったけ口を歪《ゆが》めて、こっちの敵意を知らせる。そうしてあたりにひびけと雄叫《おたけ》びを発する。

「一も二もない三ぴんが知りもせんこと、ごじゃごじゃと

ろくでもないこと、七面鳥
はったろか、食うたろか、
とんでいけエー」

「それは世紀の絶唱ですなあ」

と熊八中年は感嘆した。

「あんたの創作ですか?」

「とんでもない。そのころのハヤリの罵詈《ばり》ザンボウのボキャブラリイの一つです」

「僕らは教会の前を通るとき、声合わせて、『アーメン、ソーメン、冷やソーメン!』という」

「きらいな子には、『蜜柑《みかん》、金柑、こちゃ好かん!』なんてね」

「舌の廻らん子に、『ヨロガワノ、ミルノンレ、ハラ、ララクラリ』」

「あれは河内《かわち》なまりを諷したものでしょう」

河内の人は鉄火な巻き舌で発言するので、「淀川《よどがわ》の水飲んで、腹、ダダ下《くだ》り」を言わせると、ヨロガワになる。

「かわいいのもありましたよ。『指切りかみきり、嘘《うそ》ついたもんは、深い川へはめよか、浅い川へはめよか、どうでも大事《だん》ない、深い川へどぼーん！』」

小指で指切りをして、互いに声合わせてその誓いをのべる、誓いのあいだ、指をからませたまま、振ったりしている。

むろん、これは、女の子のすることで、男の子が指切りなど、女々しきことは致さない。昔の男の子は、小さいながら男らしい。

「あの、お母さんが子供の尻を捧げてオシッコさせるときは、『メメズもカエルもみな、ごめん』といいましたな」

と熊八中年はいい、この人がいうと、あまり品がよくない。

大阪弁ではミミズといわず、メメズというのも、何かおかしいがドブにオシッコなどしていて通りすがりのオトナに、

「こらッ。そんなとこへ小便《しょんべん》してたら、メメズ怒りよんぞ」

と叱られるゴンタがいる。

「メメズもさりながら、例の大阪弁のくせで、小便《しょうべん》というべきところを、しょんべんと跳ねるのがよろしいな。いかにも水勢迸《ほとばし》るごとくで」

熊八中年ときたら、すぐ話を尾籠《びろう》なる方へ引きおとそうとばかりする。

私は、優雅なる方へ引きあげようとする。

「その代り、はねるべき大根《だいこん》、などというコトバ、はねないでやわらかく、おだい、といったりしますよ」

京の年中行事の一つ、十二月の鳴滝の大根たきも、「だいこたき」である。

豆サン、お芋サン、お菜《な》サン、お粥《かい》サン、お揚げ、お日サン、お月サン、お汁《つゆ》、お酒。たくあんを「こうこ」というが、これも、「おこうこ」。人名のようにおやサ、ンをつける。

万事、宮廷女官ふうなところがあって、こまんじゃこの子供の時分から、「お芋さん頂戴」などと使う。

柔媚《じゅうび》なくせに、その一方では物凄《ものすご》い感覚的、即物的な言葉を使う。トレトレの鰯《いわし》やア！　手手嚙《ててか》む鰯やあッ！　なんて、売りに来たり、ぬくぬく、ほっこり芋ゥ！　なんて、いい方がいかにもうまい。

「僕はしかし、こまんじゃこの頃というと、二つ井戸の粟《あわ》おこしを思い出します。町内で葬式があると供養に子供らに撒《ま》いてくれた。岩のように固いので岩おこしともいう。これについてる梅鉢の紋はつまり、天神サンの紋。大阪の子には豊太閤《ほうたいこう》の千成瓢簞《せんなりひょうたん》と共に、そのなつかしさ、きわまりもなし」

「梅鉢の紋ねえ。私は、子供の頃はグリコキャラメルでした。良家《ええし》の子ォとそうでない家の子ォとのちがいですね」

「そう、イケズいうもんやない」

「そういえば、大阪のシャレに『グリコの看板でバンザイや』というのがありましたね」

「うん、お手あげ、降参、投げ出したというときに使う」

景気はどないです、さっぱりあきまへん、もう「グリコの看板」ですわ、などと使う。しかし熊八中年などは更にその上つけ加えるそうである。「グリコの看板やったら、まだ足、片っ方、地についてるからマシです、ウチはもう両手両足、お手あげですわ——」

あんばい

大阪弁はあいまいで、肯定か否定か、ようわからん、と叱《しか》られることが多い。

たしかに他国人が聞かれるとそうだろう。

市電というものがあったころ、

「これ、道頓堀行きますか」

と車掌にたずねたら、

「いきま」

という。客は更に重ねて、

「行くんですか、いかないんですか」

「いきま」

客、やや怒気を含み、

「いくのか、いかないのか、どっちなんだ」

車掌も色をなし、

「そやから、いうてまッしゃないか、いきま！」

「バカッ。どっちかいえ！」

「あほッ。いきま、いうてるやないか！」

と、こんなケンカは、客が他国人であれば常時あった。「いきま」は「いきます」の略で、いかぬのであれば「いきまへん」と語尾を明確に示す。しかし他国人の身になれば、「いきま」のあとへ「せん」か「す」か、どちらかがつく、と思うはず。これは大阪人がワルイ。

そのほか、ニュアンスで言外の意味を察知しなければならぬことも多い。――例によく引かれるのは花街《いろまち》の「へ、大きに」である。

「あんさん、○○さんどないだすか」

「へえ大きに」

「あんさんにきついご執心だっせ」

「へえ大きに」

と、これは「ノーサンキュー」であるが、声音と表情で適当にこちらが解釈しなければいけない。

そのほか、大阪弁独特の、あいまい模糊《もこ》とした表現がある。

あるいは春風駘蕩《たいとう》というべきか。春がすみがいちめんにたなびいて、四面のどかに春うらら、水村山郭・酒旗の風、何が何やらわからぬうちにフワーッと「ええこンころもち」にさせられ、気がつくと、相手のレールに乗せられている、ということがあるので、御婦人は、大阪弁で男にくどかれたときには、ことに注意が肝要である。

この、大阪弁のあいまいさ、多元的な語意、四通八達のニュアンスなどは、商業上の必要から、長い年月をかけて磨きぬかれたものだ。

終戦後からできたとか、明治になってからとか、いうようなものではない。

大阪は王城の地の御畿内《きない》だ。一千年伝え伝えた社交技術の、粋《すい》ともいうべき京の言語文化を基盤として、そこへ、商業都市三百年の伝統が加わる。

商《あきな》いは牛のよだれ。

商いは「飽きない」ということ。

商人の卵たる丁稚《でっち》は、まず、そんなことを叩《たた》きこまれる。「のんびり、あせらず、ゆっくり、ぼちぼち、飽きないで商いをする」

それが、商売のコツである、と教わる。そういうものが下敷きにあってこそ、一瞬の商機をぱっとつかむコツも会得するのである。いつもいつも大阪商人が、テレビの商売人立志伝のごとく丁々発止の商売をしてると思うのはまちがい。すべての商人は、コツコツ飽きないで商いをやっているものである。どかんと儲けて二代目はひっそくしているようなのは、商人とはいえぬ、というプライドが昔はあった。

今は必ずしも、そうではなく、初代が儲けた金で二代目が参院選に打って出る、というようなことをしている。また、大商社など儲けさえすりゃいい、というので、東南アジアで大いそぎであこぎな真似《まね》をする。こういうのは、「商いは飽きないに通ず」などという商業道徳に反する。

よって言葉も、できるだけあいまいなくせに幅と拡がり、融通性をもたせようとする。

その間の呼吸をのみこんでいなくては商売ができない。

余談ながら、私は、生来単純なためか、この手のあいまい模糊がにが手である。女同士の間でもこういう語法があり、全く難渋する。

私はむしろ、関東・東北の直截《ちょくせつ》明快を好むものである。理解はするが、必ずしも好もしく思わぬ点もある。読者の中には、私が大阪弁を面白いと思い、大阪弁ビイキで、大阪弁の優位性をことさら強調し、お国自慢をすると不快になられる向きもあるかもしれぬ。

しかし、そういうつもりで私は書いているのではない。

私は十年来、大阪弁を使った小説をかいてきたが、どれも排他的な大阪弁礼讃ではない。大阪弁の効果を利用するが、大阪弁をつきぬけたものをめざしているわけ、しかし、こういうところでそんなことをひけらかすのは、大阪弁のボキャブラリイにはない野暮で「ええ年からげた」人間のすることではない。ただ、「大阪弁ちゃらんぽらん」は、文字通り、ちゃらんぽらんで、大阪弁を持ち上げたり、しかめつらしたり、の意であると知って頂きたい。

さて、大阪弁の最もちゃらんぽらんなのは、「あんじょう頼ンまっさ」であろう。

「あんばい、しといて」というのもある。

あんじょうは、「味《あじ》よく」が「味よう」になり「あんじょう」になったもの。

うまく、とか上手に、とか、りっぱに、ていねいに、などの意があり、

「あんじょう、でけた」

というときは、うまくできた、恰好《かっこう》よくできた、などの意味である。

「あんじょういうといて」

というときは、適当にいいつくろっておいて、という意味もあるし、ごまかしといて、になることもあり、それは、その場その場の雰囲気《ふんいき》である。

「あんじょう、いっぱいはめられてしもた」

と使えば、「うまいこと」とでもいうか、敵の思うツボへぴったりはまったこと

をいう。

それを、相手におっかぶせ、

「あんじょう、頼ンます」

となると、相手は下駄をあずけられて、悪いようにできなくなり、

「そうでんなあ、まあ、ほな、あんばい、しときまっさ」

といわねばしかたない。

あんばいは「塩梅」で、塩加減や梅酢の調味料を適当に用いるごとく、物事を、ほどよく処理することである。

折合いとか、程度とか、バランスを保つこととかの意も含まれる。

だから、体具合にも用いられる。

「どうも、あんばい悪いなあ」

というときは、体の調子が、本調子でない、という意になる。

結婚式のスピーチで、花婿《はなむこ》花嫁のなれそめを縷々《るる》としゃべったりして、

「そんなあんばいで、結局お二人は、こんにちおめでたく華燭《かしょく》の典を挙《あ》げられる

に至ったのであります」

　というときは、「そんなようなわけで」と、経過を説明するために用いられる。紆余《うよ》曲折が、「あんばい」でもある。

「いい湯だな」という歌があるが、大阪弁でいうと、

「ええあんばいの湯ゥやなア」

と長くなって、もたもたし、湯がさめてしまう。

「あんじょうたのんます、どうぞ宜《よろ》しィに」

「あんばい、いうとくなはれ、お頼申《たのもう》します」

などと漠然というとき、相手も、むろん、その中身については詳細に知っているのである。

　何を、どう頼んでいるか、言い手も聞き手もよくわきまえているくせに、言語習慣として、おぼめかしていう。

　更にそれをすすめると、物凄いのは、

「ええようにしとくなはれ」

であろう。これは例によって牧村史陽氏の解説によれば、「どうなりと任《まか》しておくから、よいやうにはからつてくれの意、大阪には、かういふ漠然とした、角の立たぬ言ひ方が非常に多いが、これは、船場あたりを中心とした大阪商人によつて使用せられたもので、〝まアその辺のとこで何分宜しう頼んます〟といふ風な言ひ廻し方で、かなり重大な交渉をもすらすらと進めて行くのが大阪人である。しかし、〝さアどつちでもかましまへん、まアあんさんのえゝやうにしといとくれやす〟などと体裁のよいことを言ひながら、腹の中ではちやんと計画を立ててしまつてゐるのも大阪商人の特質といへるだらう」

とあり、この説明で間然するところがない。

熊八中年にいわせると、

「僕は、ソコソコという語を愛用しますな、そんなとき」

ということである。

「ソコソコでいこか、というと、適当なとこでええわ、ということになる。女に物を買うたる、あまり高価《たか》いもんもナンですな、つまり、くどいても靡《なび》くや靡かんやわからんのに、というとき、ムヤミと高い金をほるのもあほらしい、ま、ソコソコの物をやろか、ということになる」

そんなケチだから、熊八中年には、ロクな女がくっつかないのだ。

私はぼちぼち、という語が好き。

「原稿できましたか」

「ま、ぼちぼちです」

これには、少しずつ、とか、徐々に、とかいう意味のほかに、何となく漠然と、何ものかを暗示するごときニュアンスがある。

漸次、物ごとが変貌しつつあるごとき胸さわぎをいだかせ、何がどうといって的確にはわからぬながら、どこか、世のうつり物ごとの推移を思わせる。よって編集者諸氏は私の「ぼちぼち」を聞き、何となく安心する、たとえ一日に一行しか書いていなくても、だ。

大阪弁の魔力というべきであろう。

「あんじょうやってんか」とか「あんばいたのむで」とか「ぼちぼちいこか」「え

えようにしといて」「ソコソコの所《とこ》やなあ」というような、あいまい語は、上方弁の本質ともいうべきものであり、単純な人間なら、このコツをのみこむまでは苦痛であろう。前申《ぜん》す如く私のように、大阪生れ、大阪育ちの人間でさえ、事と次第と相手によっては、処置にこまる表現である。大阪人は、このあいまい語を解さぬ人種を、野暮天と蔑視《べっし》する。

しかし、一面、考えれば、このあいまいムードは呼吸をのみこめば、生きやすい点もある。大阪弁では、競走や水泳のように勝ち負けのハッキリきまった表現を避け、どれが一着やらどれがビリやら、わからぬような言い方をよしとする。それだけ人を言葉で傷つけまいと配慮するのである。それは生き方にも及ぶ。

私は以前、講演で一緒になった人が、胸に大きな造花をつけられるのを峻拒《しゅんきょ》するのを見た。——あの赤ん坊のあたまほどある花飾りを胸につけられて壇上でしゃべるのは、じつはいやなものである。私もつけたくないのである。(つけたい人もあろうが)

しかし主催者は、演出効果をねらってか、又は講師に対する儀礼と思うのか、造花をつけさせたがる。いやだが、まア仕方ない。——ま、ソコソコつけとこう。しかし、その男性講師は頑《がん》として拒否し、吐《は》き出すように強い言葉で断わっていた。彼は江戸っ子である。

こういう気風の土地がらでは、「あんばいやって」も「あんじょうしとく」も「ぼちぼちです」も生れるはずはなかろう。黒か白か。すべてか無か。——こんな文化圏は単純明快だけに人は傷つくことも多いのではあるまいか。

ややこしい

ややこしい、というのは、かなり標準語化していて、たいていの人、その語意を漠然《ばくぜん》と知るようである。形容詞的語尾変化であるが、終止形は「ややこし」で止めるときもある。

うっとうしい、複雑な、うさんくさい、何しとるか、もひとつよう分らん、という状態、とりこみごと、あやしい、不審な、えたいのしれぬ、不愉快な、わずらわしい、などという意味をもっている。

藤本義一サンは、「ややこしい」という語は、

「ややこから来てるのとちがうかなあ」

などといっていられた。

ややこは嬰児《えいじ》で、赤ちゃんである。赤ちゃんでも、むろん、当歳未満の、猿を去ること未だ遠からずというような、まだ人間のカズに入らぬような、全くの乳児をいう。ややこは、牧村史陽氏によると「漸々子《ややこ》」から来ているといわれるが、これはシャレにしても愉快である。

私ども幼少の折は、「可《か》愛いらしヤーコやなあ」と赤ん坊をのぞきこんでいた。祖母などは、赤ん坊をほめるとき、

「別嬪《べっぴん》さんのややさんだすなあ」

とお愛想をいっていた。ややこ、やあこ、ややさん、はみな、乳臭のある美しい愛らしい、清らかなみどり児《ご》をさすのであって、戦後、やくざのことを「ヤーサン」と呼ぶようになってから、私はおかしくてならなかった。

およそ、やーさんのイメージに遠い、汚ないむさくるしい、おどろおどろしいやーさんが闊歩《かっぽ》していた。

ところで、ややこから、ややこしい、が出たという藤本サンの説であるが、これ

は、

「ややこは、見たところ、男か女か分らん」

からだという。赤ちゃんのときは、ほんとに、どっちも同じ顔である。

「であるから、どうもわからん、えたいが知れん、うっとうしい、それで、『ややこしい』となった」

ほんとかしら。ギイッチャンの説もややこしい。

牧村先生によれば「弥多《いや》し」の転訛《てんか》ではないかといわれる。「こ」は意味のない接尾語で、「いや多し」が「やよし」になったそうである。で、「やよし」から「ややこし」へ。

これは実に便利なことばであって、使う範囲が広い。

しかも、言葉がやわらかなので、耳ざわりがいい。

「ややこしいこと、いう人やなあ」

というと、

「わけのわからぬことをいう人や」

と、無理が通れば道理ひっこむていのやんわりした非難である。ほかの言葉で、これをあらわそうとすると、

「ゴテる奴や」

などといい、「ゴテ」というのはゴツゴツした語感でよくない。よく故障をいいたて、何かというと反駁《はんばく》し、「しかしね」「いや、それはあなた……」「ちょっと待った」などという人は「ゴテ助」なんて呼ばれる。時にはその下に名をあて、たとえば私なんかであると、「ゴテセイ」などといわれるのである。

どうも、あたりがきつくて、よけい物事の紛糾を招きそうな感じである。「お前はゴテセイやなあ」といわれると、「ゴテセイで悪かったね」と尻をまくりたくなるが、「あんた、そうややこしいこといわんと、まあまあ」といわれると、「さよか」とおとなしくなる。

大阪弁というのは、往々にして、コブラにおける蛇遣いの笛みたいなもので、毒蛇もヘナヘナと踊り出す霊験あり。

私は思うのだが、「ややこしい」は、『枕草子』にみえる第一五七段「むつかしげ

なるもの」の「むつかし」にも通うのではないか。むさくるしい、とか、汚なげな、という意味が「むつかし」には加わっているが、清少納言が「むつかしげなるもの」の例に挙《あ》げているのをみると、

「縫物の裏。猫の耳のうち。ネズミのまだ毛も生えないのを、巣の中からたくさんころがし出したの。大した金持でもないのに、小さい子供をたくさん持っているの。あんまり愛してもいない女が、病気で長くねこんでいるのも、男の心中としては、『むつかしげなるべし』」

とある。

これらは、「ややこしい」「うっとうしい」「むさくるしい」がいっぺんにあてはまるようで、さすがに鋭い。ことに猫の耳の中のうっとうしさ、というのは私にもおぼえがある。犬とちがってぴんと立っている耳に、陽が当ったりして中まで透けてみえる、毛が生えていて、内部は窺《うかが》い知るべくもないながら、モヤモヤと毛にゴミがくっついていたりして魑魅魍魎《ちみもうりょう》という感じ、ハタと横手を打って、これぞ、「ややこしいなあ」という語が適切である。

熊八中年は、病気の女にややこしさを感ずるくだりに感心している。

「清少納言はうまいこと、いいますなあ。その通りで、あんまり好きでもないのに寝込んでられると、知らん顔もできぬ。しかし見舞にいくと、また不本意ながら縁がつながって焼けぼっくいに火がつき、ヨリが戻ったりせぬか、と心配。せっかく巧いこと、スーッと切れた感じで、内心喜んでいたのに、ややこしいなあ、もう……。チェッ」

というところだそうである。男って薄情なもんですね。

「なにいうてんねん。薄情やったら、病気でも何でもほっときまんがな。しかし、男はやさしいものゆえ、薄情になりきられへん、ねこんでると聞いたからには、ほっとけんと思う、それでややこしねん」

ということであった。

「女の病気、というのは、誰から聞くんでしょうね」

「それは共通の友人でしょう。しかし男はよけいなさし出口はしませんから、たぶん、オシャベリの女友達でしょう」

「おせっかいなのね」

「男は、女友達の顔見て、あ、ややこしいのん来よったな、と思う。ややこしい、はこんな所につかう」

いつもお金を借りにくるとか、泣き言を並べるとか、ワルクチ、中傷をいいにくる奴、そういうのは「ややこしいのん来よった」であって、彼ら彼女らが口を開こうとすると、前もって、

「ややこしい話やったら、かなわんな」

と釘《くぎ》を打つ。すると案の定、「彼女、入院してるのよ、あんたお見舞にいったげへんの？」なんていわれる、しかし今いくと、ややこしイなるよって、見舞だけ、ことづけようということになる。花がええか、くだものがええか。

「お金がいちばん、ええのんちがう？」

とおせっかいの女友達はいい、そう簡単にいったたって、この頃不景気で、店も「ややこしく」なっているのだ。

それに、財布から何枚か抜いたとしても、いつも女房の点検うけてる身は、

「どうしたの、何に使ったの⁉」

とややこしい。

こうしてみると、世の中、ややこしくないものはない。隆々と業績の上っていそうにみえた会社が、突如倒産して、史上最大の赤字を出し、世間を驚倒させたが、あれも一部の人々の間では、

「あの会社、ややこしいで」

と早くから耳打ちされていたそうだ。

私は、ケネディ大統領が暗殺されて以来、アメリカ政界と財界（日本も同じだが）の関係がややこしくみえてしかたない。だから新聞の社説なんかでも、

「このややこしい政治献金」

などと、どんどん大阪弁を使うべきである。

「あのややこしい候補者」

などと見出しが出るであろう。

私の家の家政婦さんは、たびたび替った。いまの人はかなり長くて、たすかって

いるが、中にはいろんな人あり。ガス器具、電気器具、へんな仕かけのものは「よう触《さわ》らん」

電子レンジなど「ややこしィて……」と怖がる。ガス風呂をつけるのも「ややこしい。風呂屋へいきなはった方が簡単やおまへんか、向いにあるのに……」

などと、私はぼやかれるのである。

そういうとき、彼女の顔は、「ややこしい」顔になって、こっちの方がびくびくする。いいですいいです、とみんな、こっちがする。

いまのおばさんは物おぼえが早くて進取の気性に富み、はじめての道具でもすすんでおぼえる。性《しょう》、俊敏なのだろう。

買物にいくと、手ばやく計算して、お釣りと共に、計算書をもってくる。牛肉何百グラム、ナスビ何個いくらという「ややこしい」計算をすらすらやってしまう。

「ややこしい」はまた、顔、容貌、ご面相のことにも使う。

人は誰でも「ぶさいくな」という言葉は口に出していえないものである。たとえ、あいてが子供でも、心を傷つけるようなことはいえない。

私は小さなころ、叔母《おば》や叔父《おじ》たちが、私の顔をしげしげみて、

「この子——ややこし顔やなあ」

とクスクス笑っていたのをおぼえているのである。叔母や叔父といっても、女学生や、徴兵検査前の青年たちであった。そうして叔母たちはみな美人であった。私ひとり、お多福《たやん》の顔である。両頰《ほほ》たかく鼻ひくく、下り眉《まゆ》で、ケッケッケと、笑う女の子であった。叔母たちは私の顔をみて、さすがに「ぶさいくだ」と面と向っていえず、「ややこしい顔や」という。しかし、私には、語感でわかっていたのだ。

それでも、私はうまれつき、ウエーブがかかっている髪なので、天然パーマやといわれ、「シャーリイ・テンプルちゃんみたい」とほめてくれるおとなもあった。私は幼な心に大得意であった。しかるに乙女となるに及んで母国は太平洋戦争に突入し、シャーリイ・テンプルの国は鬼畜米英と罵《ののし》られたではないか。私の天然パーマは、俄然《がぜん》、人々の嘲罵《ちょうば》と同情の的となったのである。母はためいきをつき、私のクルクルまわった頭をながめ、

「ややこしい髪やなあ」

と嘆いた。

「しかし僕は、やっぱり、ややこしい、というのを別のところで使いたいですなあ」

と熊八中年はいう。

「たとえば、この頃、熊さんややこしい噂《うわさ》が立ってまっせ、聞いてまっせ聞いてまっせ、とママなんかに背中、叩《たた》かれたい」

私と熊八中年はさるバーのカウンターで飲んでいたのだが、熊さんにそういわれたママ、

「いいわよ、いくらでも叩きます、相手、誰にしましょ、色ごとの噂なんでしょ？」

「うーむ、都はるみはいかがです」

「あれはもう相手あるよ。山口百恵あたりはどうなのさ」

「あんな小便《しょんべん》くさい若い女《のん》はあかん」

「ぜいたくいって。熊さんややこしい年齢《とし》のくせに」

私はといえば、ふと、カウンターの中をのぞいたんだ、いや、バーのカウンターの足もとは、いとややこしきものにぞありける。

しんきくさい

しんきくさい、という大阪弁は、もどかしい、じれったい、うっとうしい、くさくさする、いら立たしい、くだくだしい、などという、いぶせき状態をさす語である。

これは「しんき」という語に、「邪魔くさい」や「めんどくさい」などと同じく、語意を強調して形容詞化した「くさい」が結合したものと、牧村史陽氏はのべられている。

ついでに昔の用法を『大阪方言事典』から孫引きして紹介すると、宝暦十一年（一七六一年）初演の近松半二作「由良湊千軒長者《ゆらのみなとせんげんちょうじゃ》」という人形浄瑠璃《じょうるり》に、

「恥しいやら怖いやら、何と言ひ出す言葉もなく、差しうつむけば、ヲ、、しんき」

とあるという。宝暦というと九代将軍家重《いえしげ》のあとを十代の家治《いえはる》が継いだ替りめ、田沼意次《おきつぐ》がそろそろ権力の座にのぼるころ、本居宣長《もとおりのりなが》は賀茂真淵《かものまぶち》と「松坂の一夜」を歓会し、平賀源内は火浣布《かかんぷ》を作ったりして喜んでいるころである。

私は浅学にして「由良湊……」を知らないので、どういう浄瑠璃かその筋をご紹介できないのは残念だが、「何と言ひ出す言葉もなく、差しうつむけば、ヲ、しんき」というのは、しんきくさい状況を描写してあますところがない。

私の友人のお嬢さん、このほどお見合をしたが、まことに良縁に思われたのに彼女の方から断わった。ナンデヤ、ときくと、

「ものもあんまりいわへんし、モジモジして、あんなしんきくさい男、知らん！」

とのことであった。二百年前の浄瑠璃の言葉がいまもまだ生きているのである。

ハッキリ決断のつかない、うじうじした、という意味のほかに、いつまでもはてしない単調な作業のくりかえし、そんなものに倦《う》みつかれたとき、

「ああ、しんきくさ！」

という嘆声が出たりする。しんきくさい、という語に、感嘆符をつけるときは、「しんきくさ」になるのである。

ラッキョウを漬《つ》けるとき、今日《きょう》びのスーパーでは、きれいに掃除したものをビニール袋に入れて売っているが、泥つきのラッキョウなどは、たいへんである。いちいち洗って、ヒゲ根を切らねばならない。小さな粒であるからちょいちょいとして終るというわけにはいかない。

腰がいたくなり、伸びをしたくなって、

「ああ、しんきくさ……」

などという。

私は、鼻は低いが目の性《しょう》がよく、何でもよく見えるのが取柄であったのに、近来、字引を見るときは老眼鏡、天眼鏡にたよらなくてはならず、こまかい字がクシャクシャ並んでいると、「ああしんきくさ」といいたくなる。

私が二十年前、勤めていた問屋では、男たちは働きバチの如く、朝飛び出して夕方帰ってくるのであった。彼ら大阪商人の卵たちはいきいきして雄弁で闊達《かったつ》で軽捷《けいしょう》であった。夕方になると彼らの持ってかえる町のにおいで店中はいっぺんに活気に溢《あふ》れ、人々は生彩を帯びるのだった。男たちは商《あきな》いの昂奮のほてりがまださめず、椅子《いす》に馬乗りになったり机に腰かけたりして声高に戦果をしゃべりちらし、笑ったり、罵《ののし》り合ったりした。

そうして煙草を吸いちらし、軍手を卓上に投げ（昭和二十年代から三十年代の商家の丁稚《でっち》は、オートバイに乗って商いにでかけた）、事務をとっている女の子たちに、

「ようそんな、しんきくさい仕事、一日やっとんなあ」

と侮蔑《ぶべつ》的にいうのであった。

今はそれもなつかしい。

私は問屋の女事務員として、伝票を帳簿につけたり、ソロバンを弾《はじ》いたり、お茶汲《く》みをしたり、掃除したりして一日をすごしていた。

女は、勤めに出ても所詮《しょせん》、るすをあずかる女房的な役割になるようである。しん

きくさい、という語も、やはりどちらかというと女のものであろうか。優柔不断は、女のもちまえである。

「え？　どないすんねん、承知か不承知か、どっちや？　しんきくさいなあ、ハッキリせんかい」

といわれるのは、女に多いようである。

尤《もっと》も、それも現代では一概にいえぬ。先のお嬢さんの話のように、「しんきくさい、ハッキリしなはれ」とどやされるのは、男性の方に多くなっているかもしれない。

「しんきくさい恋」というのもある。まあいうと、バルザックの『谷間の百合』にあるような、あるいはゲーテの『若きウェルテルの悩み』にあるような純愛である（私にはナゼカ、純愛というものは、「民主主義」同様、しんきくさいというイメージがある）。ウェルテルはロッテに恋いこがれていながら指一本ふれられず、フェリックス青年は、モルソーフ伯爵夫人に七転八倒するほどいかれながら、あんまり惚《ほ》れすぎて夫人にチョッカイ出すなどという下世話な仕儀はできなくなってしまったのである。両方の小説とも、ただそれだけのことを、えんえん何百ページも費《つい》やして書いてあるのであって、「しんきくさい恋」であると共に、「しんきくさい小説」と思われる向きもあろう。

しかし念のためにいっておくと、文学的趣味としては、私はこの両作品の愛好者である。

外見は一見華麗にして、内容しんきくさき小説、というのは多いが、この両作品は、その意味では、私にとってしんきくさくない。

大坂の町奉行に、久須美祐雋《ゆうせん》という人があった。この人は、安政二年（一八五五年）五月に江戸から大坂へ赴任してきて、文久三年（一八六三年）八月に江戸へ転勤した。大坂城勤番の旗本は八月が交替月で、西鶴の「万《よろず》の文反古《ふみほうぐ》」にも、江戸へ下《くだ》るときは、八月の江戸下りの御番衆の荷物もちに傭《やと》われて「手前の路銀つかはぬやうにして」下ればよいと、こすっからいことが書いてある。

さて、この久須美サンは、大坂へ赴任してきたときは五十九歳の中年紳士である。この人は詩文の才ある教養たかい趣味人で、単なる野暮奉行ではない。江戸から大坂へくると物みな一風かわり、面白くって仕方ない。それで、筆をとって私的なエッセーを書きとどめた。その見聞記を「浪花の風」というが、いろいろおかしいことが多い。何しろ大坂は「日本国中船路の枢要《すうよう》にして、財物輻輳《ふくそう》の地なり」金もうけのことばっかり考えていて、サムライの久須美サンからみると、いやらしい。「お奉行の名さへ知れずに年暮れぬ」と詠《よ》んだのは大坂人で、サムライの、役人の、といったって、「そんなもん何じゃ」という土地の気風、久須美サンにしてみればにがにがしい点もあったろう。

「当地は一体、淫風にして、婦女子の風儀尤《もっとも》よろしからず。帰する所、利を専《もっぱ》らとなす風俗故、おのづから廉恥《れんち》の風を失へり」

と憤慨している。しかし、洞察力のある人とみえて、人情は大坂の方が悠長で、のんびりして、利を得るに当ってものちのちを考え、目前の小利をむさぼるというのではない、と観察している。ふしぎなのは「利に於ては甚《はなは》だ敏《さと》」き大坂人のくせに「盗難などを防ぐことは甚だ粗略なり」たとえば夜中も戸じまりせず、また昼は家内みな出て空巣に入られたりしている。

「これ営利専らの内にも、何となく優長《ゆうちょう》なる性質ある故なり」

大坂のたべもの、そばは拙《まず》いがうどんは美味《うま》いとか、葱《ねぎ》、たけのこ、魚がうまいとか、奉行もかなり色んなものを口にして江戸とたべくらべしているが、うなぎとすっぽんは、

「土人の調製にては、江戸人の口には適し難し」

と判定している。

赴任した次の年の夏の暑さは堪えがたかった。土地っ子の大坂人も音《ね》を上げたほどであるから、江戸そだちの久須美サンは「実に凌《しの》ぎかねし」暑さであった。役所付近の町家の人々もぐったりしているのをみて、彼は「当地の方言をもて」狂歌をよむ。

「此程《このほど》のゑらい暑さのしんどさに　お家《え》さんたちもこけて居るなり
順繰《じゅんぐり》にこけては休む其の傍《ねき》に　御寮人にはゑらい身仕舞《みじまい》
どだいこの暑さにまけて何せうも　よふ出来ぬなり心気《しんき》くさくて」

どうも、たいしたサムライである。着任一年で、大坂弁をちゃんと物しているの

だからさすがに慧敏《けいびん》である。

　久須美サンは下々のことを聞くのに、お出入りの按腹医《あんぷくい》、元節を利用したらしい。大坂弁も彼に聞いたのであろう。なかんずく、大坂弁の物売りは、彼に聞くまでさっぱり分らなかった、と告白している。

「ゆでやのおさやさん、ようこえたの」

　と呼びあるくのは、枝豆を茹《ゆ》でたものを売っているのであった。

「おでんさん、年三つ」

　と呼ぶ物売りは蒟蒻《こんにゃく》の田楽で、一串の価三文ということであった。久須美奉行はイロイロ勉強する。そういう折に、治療をうけつつ、

「しんきくさいと申すは、いかがな意味か」

　とマッサージ師の元節に聞く。次から次へと聞くから元節サンも「しんきくさい」が、何しろ相手はお奉行なのでいやといえない。

「さよですな、まあ、お江戸で申しますならば、面倒くさい、じれったい、というほどのわけ合いでござりますやろうか」

などという。この元節あんまは、もしかすると、江戸下りか、それとも代々、江戸っ子の町奉行のあんまマッサージをしてきて、江戸弁に通暁《つうぎょう》し、私設通訳になっていたのかも知れぬ。

しかし私の思うに、久須美中年紳士のこの大坂弁の狂歌は、なまめかしき彩《いろど》りのあるのが取柄である。大坂商家の色ざかりのご寮人《りょん》さん・お家《え》はんが、炎暑にしどけなく、身をもちあつかいかねた倦怠感が、そのまま出ていて色っぽい。三首めなど、ほとんど、ご寮人《りょん》さんの独白で成り立っている。

もしかすると、この中年侍のお奉行は、そういう浪花年増美人のつぶやきを、現実に耳もとちかく聞く状況に身を置いたかもしれない。

私は、残念ながら、一見謹直という男の看板を、そのまま信ずるわけにいかない。物の本によればこの久須美サンは蘭の栽培家でもあったそうで、人間の花も賞《め》でたかもしれない。

「しんきくさい」も他国人には耳なれぬ言葉であろうが、「しょうむない」という大阪弁もいかがなものか。しょうむない、というのは、つまらぬ、とるに足らぬ、下らぬ、見おとりする、粗末な、無味乾燥、面白くない、というような意味がある。

久しぶりにあった友人同士、

「お、いま何しててんねん」

「しょうむない商売してんねん」

などという。大阪弁の番附では、しんきくさい、しょうむない、ともに、前頭であるが、「しょうむない」の方が上である。これは、「しょうもない」の転訛《てんか》で、文字通り「仕様もない」であろう。

男あり、ある女に惚れてヒタスラ尽すが女は冷たい、電話をかけても出ない、会いにいっても会わぬ。男は「ボクは泣いています、ベッドの上で……」と綿々と手紙《ラブレター》を出す、女は半読したのみで、吐き出すごとく「しょうむない！」のひとこと。

これ、女からいえば「しょうむない恋」であり、男からいえば「しんきくさい恋」である。女は私ではないが、男は熊八中年かもしれぬ。

いちびる

「いちびる」という語は古くからある言葉で、ふざける、おどける、はしゃぐ、調子にのる、というような意味である。

他国の方がお聞きになると、へんな言葉と思われるかもしれぬ。「い」を取って「チビル」というと、鉛筆がちびる、筆がちびる、などのほかに、「小便を洩《も》らす」などの意もあるから、それに類した言葉と思われる向きもあろう。

しかし「いちびる」は、「市《いち》を振る」からきたと「守貞漫稿《もりさだまんこう》」にある。「守貞漫稿」にあるということを発見したのは、例によって例のごとく牧村史陽先生である。

大阪の雑喉場《ざこば》は殷賑《いんしん》をきわめた魚市場である。台の上に立った男が、さあなんぼなんぼ、と叫ぶ。買手は思い思いの値をいう、今も見られる早暁《そうぎょう》、魚河岸《うおがし》の活気にあふれた風景、その身ぶり、やかましさを「市《いち》を振る」といい、そこから、さわいだり、おどけたりすることを「いちびる」というようになったらしい。

「おちょくる」という言葉もあるが、かなり、語意は似ているものの、「おちょくる」の方は、これは揶揄《やゆ》する、嘲弄《ちょうろう》する、という意味もあり、さわがしさはない。いちびるは、けたたましい音響を伴う語感で、まさにヤッチャバのかんじである。

ついでにいうと、雑喉場の魚市は慶安のころから開かれた古い市場で、靭《うつぼ》の干物《かんぶつ》市場、天満《てんま》の青物市場と共に大坂の三大市場とうたわれていた。

牧村先生は「甘えてつけあがる」という意味も付与されているが、むろん、ふざける、おどける、ということは「つけ上って」相手をなめないと出来ないことではあるものの、私にはすこしわからない。タカをくるような気があり、それで以《もっ》て相手をからかっている、というようなことを「つけ上る」と表現されたのであろうか。

いちびる、は一人では成立しない状態である。相手あってのもので、それも、相手が応接するとよけい張りきってからかう、手出しする、金蠅《きんばえ》が追っても追ってもぶんぶんまといつくように、いい気になってふざける。おとなにイチビル子供、しまいにおとなが「うるさい！」とどなると、ビックリして、「ワッ」と泣き出したりする。子供にとっては、こんなときのおとなは不可解で恐ろしい。

それまでニコニコして相手になっているから安心してイチビっていたのに、あっという間にお天気かわり、一喝《いっかつ》するのだ。尤《もっと》も、子供というものは、悪乗りするという得質があり、だんだんイチビリがエスカレートして、とめどもなくなってゆくものである。

これでみると、やはり「甘えてつけ上る」という語意も含まれている、と解釈する方が妥当かもしれぬ。

いちびる、を名詞にすると「イチビリ」となる。

あの子はイチビリや、という風に使う。

また、おとなが子供をいちびるときもある。

私は子供のころ、父の弟になる年若い叔父《おじ》たちによくいちびられた。

「こらッ、センベ（叔父は私のことをそう呼ぶ）、口の中へ拳固入れてみい。入ったらこの飴《あめ》やるわ」

私はげんこつをつくって大口をあけて入れようとする。

「入らへんよ」

「そんなはずはない。お前の口なら入らんはずはない。こういうもんはコツ次第や。ソレ、もうちょっと……ホレ、もう一息」

というので、私は涙が出るまで大口あけてげんこつを入れようと苦しんでいた。

母がみつけて、

「何してんです、バカな！」

と叱られてもまだ、いちびられているとは気付かない。自分のやり方がわるいのだと思って、鏡を見て練習したり、していた。

叔父と姪《めい》というのは、年があまり離れていないと、そういう関係が多いのか、ウチの娘たちが小学生と中学生のころ、風呂へ入っていると、主人の末弟が廊下を通

りながら、

「みーえた、みえた」

と唄っていちびるのであった。娘たちは真剣に怒って、親類づきあいを絶つといっていた。いちびられているのがわからない。相手がマジメにうけとると、いたく、いちびり甲斐《がい》があるというもので、恐悦至極なのである。

私は、いちばん「イチビル」という言葉のぴったりするように思うのは、ボクシングの或る場合である。

片方がもうダウン寸前でヨロヨロしている、それを元気のいい方は、金蠅のようにまわりを飛び廻って、ちょいちょい、かるいのをお見舞いしてたのしんでいる。

あれ、ボクシング用語で何というんですかね、チョコチョコ足をうごかして、両手で揉《も》み揉みするみたいにふりまわし、残忍な舌なめずりをして、スキをみつけてはドスンポカンと打ちこむ、女は到底、ああいう残酷な「イチビリ」は見ていられない。大阪弁で拳闘の試合の実況放送なんかしてると、

「しきりにイチビっております。イチビっております。うわ、物凄《ものすご》いパンチ、もう

アカン」

というところ。

「いちびる」によく似た「ほたえる」というのも大阪弁にある。これも「じゃれつく、ふざける」「さわぎたてる」というような意味であるが、「いちびる」というのが、いささかは口先のからかい、少々はユーモアを弄《ろう》し、あたまの働きも加わるのに対し、「ほたえる」はもっぱら、肉体・動作をともなう。

「ほたえる」にはすでに、もう、おどける、おちょくる、という語意はうすい。

だいたい、字からして、ほたえるというのは太々しい感じ、この語源は分らないが、私としては「吠える」の意味を強めた言葉ではないかと思っている。咆哮《ほうこう》、叫喚《きょうかん》というニュアンスもふくまれる。

「何ほたえくさる、このアマ」

というバリザンボウがきこえる夫婦喧嘩、わがすむ神戸下町なら、ありがちのこと、といいたいが、「ほたえる」は大阪弁であるから、このへんの人は使わない。

では何というか。

このへんの人、口より手が早く、皿や茶碗が破《わ》れる音、子供の泣き声、犬の鳴き声、はては夫婦いっぺんのどなり合い。——中々、言葉を弁別採集できない。バリザンボウのボキャブラリイがゆたかな上方のこととて、そのうち、大阪弁と神戸弁を比較検討してご紹介したいと思っているが。

「ほたえる」はそういう、悪くいうときにも使うが、「いちびる」よりは本来、暴力的である。

いちばん適切な例としてデモがある。

デモは後列の方ではしずかになり、黙々とあるき、警官はひたすら交通整理にかまけているだけであるが、先頭は先鋭的である。シュプレヒコールを絶叫し、ジグザグ、蜘蛛手《くもで》、十文字にひろがって、唄う、声を合わせる、あれをしも「ほたえる」というのであろう。

また、昔の僧兵なんかの場合。

何ぞというと、屈強の大男の坊主ども、衣の袖《そで》をまくり上げ、大薙刀《おおなぎなた》をかいこみ、ポータブル・シュライン、つまり神輿《おみこし》を担いで花の都を練りあるき、人々を威嚇《いかく》すろう。血気に任せてあばれまわり、シュプレヒコールを合唱して気勢をあげていたろう。

京の庶民は声をひそめ、

「また僧兵がほたえとる」

といったにちがいないのだ。

してみると、「いちびる」よりは「ほたえる」の方に、「つけあがってずうずうしくさわぐ」という意味が強いであろう。つまり、「ほたえる」のはかわいげがないのである。

いちびる人や、いちびることを「イチビリ」と名詞にはできるが、「ほたえる」は名詞にしにくい。言葉の法則からいうと「ホタエン」になるが、「ホタエン」という言葉はない。何だか、スカンジナビア地方の神さまの名のように、耳馴《な》れない。

イチビリは、人としてにくめない所があるからゆるされるのであろう。

げんに私は、私にげんこつを口中へ入れさせようとした叔父を憎んでない。

だが、ほたえるというのは、それがつねの習性となると鼻つまみであるから、そういう人は許されない。ホタエン（ほたえ人）という言葉が存在しないのは当然である。

「おちょくると、いちびる、とはどうちがう、と説明したらよろしいのでしょう？」

と、私は熊八中年に聞いた。

「うーむ、それは、『いちびる』より『おちょくる』は更に口頭で挑発する、というところがあり、体は伴いませんなあ。挑発・揶揄の度合がフェザー級なんですな」

熊八中年の言によると、軽さの程度というか、音声・動作の度合というか、

おちょくる→いちびる→ほたえる

であるそうな。「ほたえる」はヘビー級である。

「僕ら、子供のころ、家の中を駆けまわってますと、『ほたえたらあかん！』とおとなに叱られました。兄貴と鬼ごっこして階段をかけおりると、『ほたえるな、ちゆうのに！』と親爺《おやじ》にあたまを撲《は》つられる」

「なるほど」

「一方、親戚の小さなチビがくると、相手になって遊んでいるのですが、こっちも子供のこと。遊んでやってるつもりが、からかいの度がすぎて、チビは泣き出しよる。またまた、おとなに叱られる。『いちびって泣かしてしまいよった』とお袋は、僕をにらむ」

「そういうときに、いちびる、を使いますね」

「おちょくる、というと僕の場合、親戚の娘があそびにくる」

「みんな親戚なのね」

「戦前、戦中のストイックな時代風潮です。ヨソの女学生に口を利《き》くことなど、思いもよらん。親戚の従妹《いとこ》やハトコなら、やっと口が利けますです」

「何といっておちょくるんですか」

「接吻《せっぷん》という字をさして、これがよめるか、ときく」

「昔からいやな奴だったのね、熊さんて」

「昔は、いやな奴やったんや。そうして、女学生の方は、昔はみなよかった。純情可憐《かれん》まっかになって、蚊の鳴くような声で『よう読まんわ』という」

「これはこう読む、と僕は高らかによみ、なんのこっちゃ知っとるか、と聞く」

「かわいそうに」

「いやらしい人」

「女学生は、知らん、といわざるを得ない。教えたろか、と僕はいう。教えていらん、というたら意味を知ってるみたいやし、しかたないから、女学生は赤うなってだまってる、そこで僕はトクトクとして、吻は舌ということで、舌を合わすことやと教えてやる」

私はあたまをかしげ、

「いや、熊さん、吻という字ィは、舌やないですよ。あれは、口、口のまわり、口のさき、くちばしといわないまでも、まあ、なんか、口のことやないの」

と訂正して、

「あほかいな、まじめな顔して」

と熊八中年に笑われる、私も熊八中年に、「おちょくら」れていたのだ。

ねちこい

大阪弁の中で一ばん汚ない言葉は何ですか、ときかれたら、私は、

「ビッチクソ」

ではありませんか、といおうと思っている。

すでに「チョネチョネ」の項で述べたごとく、大阪人というのは、いやらしい語を創造することにかけては天才的である。その中でも「ビッチクソ」などはもはや神技にちかい。

ビッチクソとは、すなわち下痢便、軟便のことである（食事の前後にお読みにならないで下さい）。ビッチはビチビチの擬音《ぎおん》であり、発音しやすいようにビッチに

なったのであろう。

尤《もっと》も、この無形文化財的な語も、戦後はあまり聞かれなくなった。新時代の若い階層の大阪人はさすがに、あまり汚なすぎて気がさすのであろう、使う者はないようである。私など祖父がそういっていたのを聞いた記憶があるが、もはや私の弟ども、友人どもは口にしない。淑女《しゅくじょ》たる私などはもとより、である。ではどういうかというと、

「ちょっと、やわらかめでした」

などといい、かなり上品になり、かつ全国標準語的であり、更に、御所女房風ことばになってしまった。思えば「ビッチクソ」は汚ないが、じつにリアルで、男らしく爽快《そうかい》適切な大阪弁であった。

「ビッチクソ」が用いられなくなったのは日本の文化が、全国均一《NHKふう》化すると同時に、一見山の手風生活感覚で統一されたからだろう。大阪人にも、サラリーマンがふえてきたのである。べつに若い大阪人たちが、いい恰好して使わなくなったのではなく、ビッチクソという言葉が生彩《せいさい》を帯びて聞かれるような、あの大阪商人たちの輝

ける猥雑《わいざつ》さが失われたためである。言語は精神風土を土壌として咲く花だから、もはや、「ビッチクソ」の花は、現代の大阪に咲かないのだ。

さて、私は今回、「ビッチクソ」の話をするつもりではなかった。いやらしい語感の中のかなり右翼に位置する「ねちこい」という語について考察してみようと思う。

「ねちこい」は、執拗《しつよう》、ねちねちしていることである。

しつこい。ねばりづよい。おもむろにわが思うところを押しすすめるというような意味である。

「ねちこい」の「こい」はしつこい、まるこい、ちんこい（小さいこと）、ひやこい、などに使うものと同じで、これはたぶん、「ねちこい」のもとは「ねつい」からきたのであろう。

私の母は前申《ぜん》すとおり、岡山県人であるが、

「あの子は、ねつい子や」

というふうに使っていた。ねちねちしたような人柄性格に対して使う。この「ね

つい」は聞いてみると西日本に広く分布した方言であるらしく、京都、滋賀から和歌山まで使うようである。

更に、かの慶長八年（一六〇三年）に、日本耶蘇《ヤソ》会が長崎学林で刊行した日本語・葡萄牙《ポルトガル》語の辞書『日葡辞書』にも、

「ネツイヒト」

という項があるから、かなり古い言葉であるらしい。

ねつい→ねつこい→ねちこい、という転訛《てんか》の過程をたどったものにちがいない。或いはまた、「ねちこい」は「ねちねち」と、「ねつこい」がくっついたものかもしれない。

あるいは、「ねばねば」も、意味の中に入っているかもしれない。

ねちこい、という言葉には、ひどく陰険で奸譎《かんけつ》な感じがある。

ネトネト、ネバネバ、ネチネチ、まるで朝鮮水飴《みずあめ》か蜂蜜《はちみつ》が手にくっついたよう、ともかく「ね」がつくことばには、粘着力と不気味な温順さをみせてその裏に秘められたしたたかなしぶとさを感じさせるものばかりである。

そういえば、ねたむ、ねだる、寝刃《ねたば》、みなおもてへ出てぱーっと発散するような明るい語感はなく、あえていえば、「根にもつ」というところのあるコトバであろう。

時として、男でも女でも、ねちこい人がある。

議論をしていて、意見がちがっても、決して怒らない。ここが「ねちこい」人の身上である。

「へっへっへ」

などと笑ったりしつつ、ゆっくり下手《したで》に、

「しかしですね、こういうことも、考えられませんやろうか」

と冗長《じょうちょう》な口調でゆるゆると押し返す。堂々めぐりをくりかえしても決して倦《う》まず、夜を徹してでも、「へっへっへ」とやり、

「しかしですね……」

としぶとく、くい下る。

こういう人は、コッテ牛のようなものである。

押せどもつけどもピリッとも動かぬ。そのかわり、いったん咽喉《のど》もとへくらいついたらがぶっとひと咬《か》みしたなり、雷が鳴ろうが槍《やり》が降ろうが、決して放さない。しかく、日本人には珍しい性質といえるであろう。

ネチネチ、ネバネバ、ネトネトをみんなあつめて凝縮し、抽出《ちゅうしゅつ》したエッセンスが「ねちこい」だから、語感としては実に、いやらしい。いやらしいがまた実に効果的である。

まだ標準語の「しつこい」は淡白な方である。しつこいをくどく自乗して、それに執拗のシンニュウをつけ足したようなかんじ。

ねちこい商売をする人がある。

「いやー、大将、そこまでまけたら、ワテら水も飲まれしまへんがな。今日《きょう》び、水道の水かてタダとちゃいまっさかいな。それは堪忍しとくなはれ、ワテらも何とかメシ食われるようにしてやりなはれ、たのみますわ……」

などと綿々《めんめん》とかきくどき、にこにこと、そろばんを弾《はじ》いてみせていう。

「ええい、しゃアない、ほなら、ここまで」

と相手の「大将」は譲歩する。ねちこい人はためいきをつき、

「いやー、それではもう、かなわんなあ、一家心中ですわ、しょうまへんなア」

というから、言い値で手を打つのかと思うと、さにあらず、大将の弾いたそろばんの珠《たま》をまたもと通りのところに静かに戻し、

「大将、もうちょっと色つけとくなはれ、たのみまっせ、考えとくなはれ、頼りにしてまんねで。ここまでやったらどないです」

と食い下ってはなれない。

どんなに不利な戦況になっても、決して投げない。せかずあわてず、ニタニタしつつ、被害を最小限にくいとめようとする。そうして決して怒らない。

「しかしですね」とか、

「そういいはるのも尤もですが……」

とジワジワと、ヒタヒタと押し返す。結論をいそがない。いそがないが、決して、ゆずらない。

「へっへっへ」

といいつつ、ゆずらないのである。

私は、「ねちこい」体質は日本人には珍しいと書いたが、大阪人がみな、ねちこいとは到底思えない。大阪人はわりあい「花は桜木人は武士」の方である。ねちこいと淡白の割合は、半々くらいではあるまいか。何よりグズ・ノロマをきらい、せっかちな大阪人だ。みながみな、「ねちこい」人種であろうはずはない。また損して得とれ、という気も強いのが大阪人だ。

あまり粘られると、めんどくさくなって、

「ええい、まけときまっさ！　こっちゃ薄利多売や、そない粘って時間かけとったらどんならん、よろし、手ェ打ちまひょ、その代り、この次はもうけさせてもらいまっせ！」

と宣言する。そんな大阪商人を、私は何べんも見た。薄利多売といったって、一つや二つの品物を売るのではなく、一貨車、二貨車のあきないだから、一円のちがいが、何百万円にもひびく。問屋商売というのは、そろばんの玉一つのあげさげで、出血したり巨利を博したりするのである。

ねちこい人は、こんな場合、決してソンはしないものである。ソンをしそうだと思うと去《い》んで出直し、あくる日また、くる。そうして、

「へっへっへ、しかしですな」

とやらかすのである。

「しかしそういうのは、僕の見た範囲では、むしろ中国人の商売ニンに多かったですな」

と熊八中年はいった。

「日本人には珍しいかもしれまへん」

「そうかしら」

「そら、そうです。もしねちこい御仁《ごじん》ばかりやったら、カミカゼ特攻隊なんてあるはずありませんがな。万朶《ばんだ》の桜で、突撃ーッてなもんです。へっへっへ、しかしですな、なんてねちねちやってた日には、とうてい、戦争なんか、できっこないです」

反対に、ああもあっさり無条件降伏せず、それこそ最後の一兵まで、ねちこく、ゲリラ戦をつづけるかもしれない。どうも日本人はそういえば、ねちこい所は少ないかもしれない。

この、ねちこい人種のうち、女のねちこいのは処理にこまるものである。

私は、とくに同性のワルクチはいいたかないのでありますが、姑、小姑、ねちこくいびってるのなぞは、男ではできにくいことである。

ねちこい女には、あたまのいいのは、あまりいない。女の場合は、それは頑固蒙《もう》昧《まい》をさすことが多い。ネチネチと同じことばかりいい、相手の言葉尻《じり》を捉《とら》え、揚足《あげあし》をとらえ、して一向にホコを収めない。われ人ともに満身創痍《そうい》となってまだやめずに、いびっていたりして、私は、ねちこい女だけは、友人にもちたくないと思ったりする。

おかしいことばでは、「ねちこち」というのがある。これもネチネチより、もうひとつ粘着した感じのものだ。

「ねちこいに似たものに、ネソというのがありますが知ってますか」

と熊八中年はいった。

「知ってます。ムッツリした、口かずの少ない、おとなしい人のことでしょう」

「そうそう、しかも、タダのネズミではないという感じ。おとなしい人、というのは人畜無害でありますが、『ネソ』にはどこか一抹《いちまつ》のニュアンス、あやしき影の部分がある。そこがねちこいとねそのちがうところですな。――ねちこいは、法にふれることはしませんが、ネソは、もしや、という臭みもある。たいがい犯罪者があげられると、近辺の人はびっくり仰天《ぎょうてん》して、あんなおとなしい人が、とおどろくのが多い――これつまり、ネソがコソするというのである」

そういえば私もよく子供時分オトナからきいた。というより、オトナたちがしゃべっているのを、向学の心あつき子供の私は、目を輝かせて聞いていたのである。コソというのは、人にかくれて淫靡《いんび》なる行動をなすことである。ネソがコソする、というのは、虫も殺さぬ無垢《むく》の処女のような娘さんが、いつのまにか、ぼてれんになったりすることを指す。

ぼてれん、というのは妊娠の大阪弁である。

「しかしまあ今は、ネソもコソも地を払いました。天下晴れて白日のもと、ねちこく、ネトネト、これみよがしになってはりますわ。今にして思うと、ネソもコソもかわいいもんでした」

と熊サンは嘆いた。

あんだらめ

上方弁を国会で使えば、決して国会の乱闘などはおきないであろう、とはよくいわれることである。野党につっこまれた首相、

「あんさんのいわはる通りだす。ワテらもできるだけ早う結論出して、あんばいしよう思《おも》て、いませえだい（精だして）検討しとりますねやけど、あっちゃこっちゃスカタンだらけで、何しょ、こういうことは時間かけなあきまへんよってに、そないスグにいわはったかてむりでおます」

などと答弁していたら、代議士はシビレを切らしてみな帰ってしまうであろう。

笑い話に、昔の京都では、馬子が馬を引くのにさえ、

「ドウドウ、しっかりおしんか、おみあしが曲ってまっせ」

といったそうである。馬の方もみやびやかで、

「そうどっせな、堪忍どっせ」

と答えたというので、上方弁ではケンカにならぬ。

尤《もっと》も、会田雄次先生にうかがうと、京のみやこの喧嘩は王城の地だけに、丁々発止というのはなく、しんねりむっつり、だんまりの内に、やりあうのだそうで、京都人の気質を一言以《もっ》ていうと、

「ああうれし隣りの倉が売られゆく」

だそうだ。

大阪人気質を代表するものといえば、私の好きな川柳に、

「エライことできましてんと泣きもせず」

というのがあるが、これは、一拍おいた大阪的発想の精華みたいなところがあり、こういういい方、考え方では、白熱したケンカになりようがない。

しかしながら、大阪でもむろん、罵詈讒謗《ばりざんぼう》の言葉はあるのであって、今回はそれ

につき、いろいろ考察してみようと思う。

ケンカのときに相手を罵《ののし》る語としては、

「おんどれ」「われ」

「ガキ」

「ド畜生」

などあり、相手が若いときは、

「小便《しょんべん》タレ」

などともいう。「小便タレのくせに何ぬかす」という風に使い、「小便タレ」とは青二才、若造の謂《いい》で、まだおしめの取れていないガキ、という意味である。

男にだけでなく、女の子を指すときもあり、そういうときは「小便くさい」という。

藤本義一サンは、「小便くさい」という表現が、東京人には分らんらしい、とボヤいていられた。東京の人に、

「あの娘《こ》どうです、いい娘《こ》でしょう」

といわれ、見ると、あまりにも若くてまだ色気がたらん憾《うら》みがあり、

「まだ小便《しょんべん》くさいがな」

といったところ、あいてはけげんな顔で、

「エ？ 小便の臭いがしますか？」

とクンクンと鼻をうごかしたそう。

「ド畜生」の「ド」は、以前、私は別の所に書いたことがあるが、何でも「ド」をつけると、罵詈用語、侮蔑《ぶべつ》用語になり、卑しめおとしめる意を強めるのである。女を罵るときは「ドスベタ、ドタフク」などという。

ドタフクは、お多福を強めたもので、

「ドアホ」

というと、「アホ」というコトバの持っているやわらかみは、全く失われる。「ド」というのは激越で下賤で、はなはだ品格のない言葉、かりにも教養と見識ある紳士淑女は使ってはならないとされている。

だから「ド根性」などというのははいってはいけない。「根性」というのも、元来の意味は「根性がわるい」などと使い、巷間《こうかん》もっぱらいわれるように「性根がある」「気骨稜々《りょうりょう》」といった意味ではなかった。

「ドケチ」「ドスケベ」などというのも用いられ、これは「ケチ」「スケベ」というのより、更にえげつない。

ときには、わが女房をけんそんしていうあまり、

「うちのド嬶《かか》が……」

などというオッサンがあり、これは聞いていて、むしろユーモラスである。

名詞の上にくっつけるとき、「ドタフク」のように、上の一語にリエゾンすることが多い。

「あたま」を罵っていうと「ドタマ」である。

「おのれのドタマ、かち割ったろか」

と凄《すご》んだりするときに用いる。尻のことを「ドケツ」というのも、あるかもしれない。

図体、体格のことを「カラ」という。それで以て、むやみに大きな体格のことを、「ドンガラ」

という。「カラ」に「ド」がくっついて撥《は》ねたのである。

「近頃のガキ、ドンガラばっかり大きいて、ドタマの中味はさっぱりじゃ」

などというのが、使用例である。

「あんだらめ」というのがあり、早口でやられると、スペイン語のようであるが、

「あほんだらめ」が約《つづ》まったものである。一説によると「あのどらめ」から来たともいう。

どら、はどら息子などというように道楽者、極道者の意である。更に、あほんだら、は「阿呆太郎」と、擬人化したものだという人がある。

「あんだら！　何グズグズしとんじゃい」

などという番頭はんの怒罵を、私はかつて問屋につとめているとき、よく聞いた。

これは私が叱られているのでなく、丁稚《でっち》どんや若い衆に向って投げつけられる威勢のいい、かけ声であった。若い衆たちはそれを聞くと飛び上って、

「へーい！」

とかけ出すのだった。

たまに、若い衆が、

「そやけど、……」

と何か文句をいうと、気短かな番頭はんは、

「何《な》ンかしゃがんねん、じゃかましい！」

と一喝《いっかつ》する。

これは、「何ぬかしやがんねん、やかましい」の、或いは約まり、或いは訛《なま》れるものである。然《しか》り而《しこう》して、はなはだ下品なるものであるが、それなりにいきいきと活気あふれる、トレトレの大阪弁なのであった。

大阪弁のバリザンボウは、この語尾変化に特徴があるように思われる。

「……くさる」

「……さらす」

「……けつかる」

「……こます」

などとある。

「なに吠《ほ》たえくさる、このあま」などと男に一喝されると、女はちぢみ上ってしまい、男女平等論、男子学生家庭科必修論など、ひっこめて、「ハイ、いいですいいです、けっこうです」といいたくなってくるほど、おそろしい。

「くさる」も「さらす」も、動詞連用形につくもので、「何さらしけつかんねん」などと、卑語がごていねいに二つもくっつく場合があり、大阪弁はケンカのときにさえ、冗長である。命令形になると、「さらせ」「くされ」などという。夫婦ゲンカしたりして、

「出ていきさらせ」

と男は女にいい、女が荷物をまとめて出ようとすると、

「このドアホ、どこへいきさらす」

と引きとめてやらず、女はマゴマゴし、男はさらに、

「何をボヤボヤしくさる、さっさとメシでもたきやがれ」

などというのである。私はこんな男と女の関係が好きである。

「こます」というのは、自分の動作につけることばである。

「いうてこましたった」

などと使ったりしていて、ちょっとこのニュアンスは説明しにくい。「こます」も、古い言葉であって、竹田出雲の「双蝶々曲輪《ふたつちょうちょうくるわ》日記」にも、

「どづいてこました」

などとある。そういえば近松門左衛門の「女殺《おんなごろし》油地獄」にも、

「あんだらめにはこぶし一ツあてず」

というのがあった。ここのあんだらめは、不良青年、河内屋与兵衛である。重なる非行に、産みの母親さえ「あんだらめ」と罵っているのである。「こます」も「あんだらめ」も「さらす」も古語であるが、さすがに、これらが日常語に昇格することはない。コトバは日々変貌するものながら、ケンカ用語は二百年たってもケンカ用語である。

ケツというのも、ある好みや状況で使うのであって、まずふつうは「しり」で、われわれ上方育ちにしてみると、それさえも、口にいたしにくい。

「おいど」で慣れていて、この方が口に上《のぼ》せやすい。私は今でも「おいど」である。

神戸にはバラケツということばがあり、これは不良少女や非行少年のことである。昔風にいえば町奴といった、派手に目立つグループで、しかしこれにはやーさんのような陰険な感じはない。バラケツは、ケツにバラの入れ墨《ずみ》をしていたからだという説があるが、これはどうだろうか、語源は分らない。だが、神戸らしく、不良にしてもモダンで明るい感じの連中を指すらしい。

「そういえば、こます、という下品な語尾から、スケコマシというのができたんとちがいますか」

と熊八中年はいっていた。

スケコマシは婦女を甘言でもって籠絡《ろうらく》、あるいは誘拐、拘引することであろうが、英語のレディキラーともちがう気がする。

「いてこましたった」

といえば、相手をノックダウンさせる、完膚《かんぷ》なきまでやっつける、再起不能にさせる、という意味のほかに、「してやったり」という、当方の得々たる勝利感もふくまれる感じ、「スケコマシ」も、女を手に入れて自分の内に消化するといった感じがある。

「――でも、何ですわね、われわれだと、『ぼろくそにいてこます』というのも、『何ンかしゃがんねん、ドアホ』もいいにくいし、ふつうの女は、やはりケンカことばなんて出てこないですね。どういって罵ればいいんでしょうか、夫婦ゲンカのとき困るんです」

と私は熊八中年に相談した。

「そうですなあ」

と熊八中年は、ややしばし考え、

「女いうもんは、ケンカのときにも色けなくてはかないません。（と、女の声色にて）何いうてはんのん、好かんタコ――などといわれると、男はいっぺんに戦意喪失して講和しとうなります」

私はケンカのときに色けなんか出したくない。ケンカはケンカ、色けは色けだ。

「おんどれ、このガキゃ、何さらす」と亭主を蹴《け》りあげたい所だ。何が色けだ、この好かんタコの熊八め。

あもつき

今回は食物の名称を考えよう。

私は神戸へうつり住んで十年あまりであるが、来た当座は私の大阪語（大阪弁というより、おもに名詞）に、家族一同よく笑うのだった。

ここの家族は、亭主と舅姑が奄美生れの鹿児島そだち、小姑たちと子供たちは神戸そだちで、大阪弁や大阪語には縁がない。

言語圏は神戸と大阪だから、会話は差支えないが、名詞が通じない。

病気の子供に、

「おかいさん食べる？」

というと、それはなあに、と聞く。

「おかいさんやないの」と私。

「なんの貝？」

「貝ちゃう、お粥《かゆ》！」

そこで聞いていた一同は、ゲラゲラ笑う。

これは前の「こまんじゃこ」の項でもいったように、大阪では「カユ」といえばいいところを「おかいさん」たくあんを「おこうこ」と、「お」や「さん」をつけて宮中女官風にいうのだが、みんなは「おかいさん」におなかを抱えて笑い、子供などはあまり笑いすぎて病気がなおってしまった。

しかし私には、どこがそうおかしいのかわからない。

大阪では私の父や祖父、男たちでさえ、

「腹ぐあい悪いよって、おかいさん炊いてくれ」

などと女たちに命じていたのだ。神戸ではかわいい小さな子でさえ、

「カユたべる」

などといい、じつに愛想がない。私などが聞いていて、未開野蛮の荒えびすである。なんでおかいさんと言わへんねん、とふしぎでならない。「カユ」と呼びすてたんでは、おかいさん怒らはれへんか、という感じ。私には「おかいさん」というと、白く光るやわらかな、まったり、ねばい粥の、雪のような白さ、ほのかな甘み、舌ざわりのとろりとしたやさしさも感じられる。「カユ」というたんでは、そういう感じはないのである。

それより一同をびっくりさせたのは「おみい」であった。

ちょうどその頃、主人の叔母が(この家にはたくさんの人間がいてまるで手品のように次から次とでてきた)飼っていた猫の名が「ミイ」というので、私があるとき、

「今日は寒いから、お昼は、おみいを食べようね」

というと、みんな猫なべかとびっくりしたのだ。

しかしこれは、標準語でいう雑炊である。

家族たちも私の作った「おみい」をみて、

「何や、雑炊やないか」

と叫んだものだ。

雑炊などといわれては戦時中の国民食堂で、一人一杯の割当で出される、どろどろの離乳食みたいなものを想像する。「おじや」という語もあるが、私たちは「おみい」といわれ、自分もいい慣らして育ってきた。

味噌汁の中へ飯をぶちこんで炊くのをおじやという人もあるが、私のいうのは味噌をつかわないもので、また、おかいさんのように米からとろりと炊くのでもない。冷や飯があれば、それでよい。湯をさしてかつおぶし（大阪ではうすく削った花がつおというのを袋入りで売っている）を入れ、醤油味でたく。このとき葱《ねぎ》を入れると風味がよいのだ。御飯粒がとろけてやわらかくなると卵でとじる。

この「おみい」は、私の親昵《しんじつ》する『大阪方言事典』にもなく、「浪花《なにわ》方言大番附」では、「おみや」となっている。それで私は、わが家だけの慣用語かと心ぼそくなっていたが、『御所ことば』（井之口有一・堀井令以知著）という本によると「おみみ」という語がある。ここから来たらしい。大阪ことばを調べるのには『御所ことば』からさがさないといけない。さすがに小学館の『日本国語大辞典』には「おみい」がのっていて、「御味」の字があててある。例として「軽口あられ酒」という昔の咄本《はなしぼん》に「今晩はおみいをたきましたとて膳すへければ」があげてあるから、私が、

「お昼はおみいにしましょう」

といっても、べつに猫なべかとおどろくにあたらないのだ。猫なべといえばこれは一名「おしゃます鍋《なべ》」ともいうそうである。むろん俗謡の「猫じゃ猫じゃとおしゃますが猫が絞りのゆかたでくるものか」から来ている。

猫に対応して犬なべは、古川柳に、

「赤犬は食いなんなよと南女いひ」

というのがあり、南女は品川女郎だが品川の近くには薩摩《さつま》屋敷がある。薩摩武士は赤犬を食べたらしく、女郎にたしなめられているのである。してみると「おしゃます鍋」は有馬藩士の愛好物かもしれない。

「おみい」の「おみ」は御所ことばに多いから、それとの関連もあるかもしれない。

いまも一般に「おみあし」など使うが、昔、明治帝に仕えた女官は、

「明治さんは、おみからださんがご立派であらしゃりました」

などといっている。

よく関東と関西でとりちがえるものに煎餅《せんべい》がある。煎餅は大阪では「おせん」といい、砂糖のはいった、甘いものである。東京では塩煎餅をさすが、それは大阪では「おかき」という。

「おかき」は「御欠」であると国語辞典には説く。かきもち（欠餅）は鏡餅を欠いたのにはじまるが、大阪では「おかき」というと醬油をぬりつけたりして、ポリパリペリと歯ごたえのいいの、昔、活動写真を見にいくと、カツドウのあいまに、渋い声の男が首から箱を下げて売り歩いていた。

「エー、おせんにキャラメル、おかきにあられ……」

昭和十年代の映画館（祖母たちはそのころもカツドウ小屋といっていた）で売っていたものはほかに「酢こんぶ」があった。今でも大阪では売っているが、小さな短冊形の板こんぶに味つけしてある。しゃぶりながら映画を見るのに音がしなくて

いい。女の愛好物で、祖母など、歌舞伎《おしばい》を見にいくときもつねに忘れず、

「酢こんぶ入れたか」

と携帯必需品のごとくいい、ビーズの信玄袋に収めて、これでよしと家を出ていった。

十枚くらい重ねて一つの袋に入っていたように思う。

祖母は、外から帰ると何々に金を使ったか、湊紙《はながみ》に、鉛筆をなめなめ、書いていたが、それがおかしかった。

「一、すこん

一、おかしん

一、まめさん

一、おまん

一、けつね」

最後が「おすし」になったりするが、昔の女のぜいたくはこんな程度である。「すこん」は酢こんぶで、「おかしん」はなぜかお菓子のことをそうよぶ。「まめさん」は小さな塩豆で「おまん」は饅頭《まんじゅう》の謂《いい》だ。

「けつね」は狐できつねうどん、よく「けつねうろん」と笑われるが、ふつうの大阪人は「うどん」といい、「うろん」という胡乱《うろん》なことばは使わない。「ヨロガワ」と同じく、河内《かわち》なまりである。「まめさん」も「おまん」も女房詞《ことば》で、これはいまでも使い、私などは「豆」と呼びすてにくい。「菜っぱ」「油揚」など言い捨てるのも、私の感覚ではハダカで人前に出るようにはしたない。

やっぱり、「お菜サン」「お揚げ」などといってしまう。「お」がつけば「サン」は要らないとおもわれるのに、お菜サンと二つ敬語がつく。大阪弁では重畳《ちょうじょう》するのがクセかもしれない。祖母は外出のときはきっと、

「ほんなら、行《い》て参《さん》じます」

と祖父に挨拶していたものだ。

尤《もっと》も豆サンは町方の称呼だと卑しんで、御所ことばではただ「お豆」というのだ

とある。

私ども町方はうどんだが、これが京の御所では「おながもの」（ものをつけるのは女官ことばの特徴の一つである）、そうめんは「いともの」、梅干は「おしわもの」というのだとある。

モチのことを祖母や曽祖母、掛人《かかりゅうど》の老女などは「あも」といっていた。歯のぬけた老女連が、「あもを沢山《ようけ》いただいて」などと笑い合う。曽祖母は火鉢の炭火で餅を焼き、私が学校から帰ると、餅についた灰を吹き、

「あも食べなはれ」

という。しかし私は年よりたちにたべ物を貰うのがなぜか心すすまなんだ。婆さん連中のすることといったら、小学生の私がみても何やら汚ならしく、小さな妹に御飯を口へはこんでやるのをみていると、魚など自分の口へまず入れて小骨のないのをたしかめてから、箸で口まではこんで食べさせる。年寄りは、若い母などとちがって気が長いから、幼児が遊び遊び食べるのを、のんびりしてつきあう。そして自分の口で「あもあも」して、またはこぶ。見ている私は、子供ながらそばへ寄る

のも不潔な思いであった。

いま思うに「あも」は旨《うま》いというような意味もあったかもしれない。大阪弁で「うまくない」というのを「もみない」といい、祖父などは、一箸つけてみて、傲《ごう》然《ぜん》と、

「もみない！」

と箸で皿を押しやったりしていた。すると祖母はいたく恐縮し、

「さよか、へー」

と皿をひっこめる。昔の男は威張ったものであり、昔の女はしおらしきものであったのだ。いまの女に「旨くない」などといってみるがよい。

「そんなはずないわよ！」

と一喝《いっかつ》される。「旨くない」が「もみない」となり、旨い、甘い、から「あも」になったのかもしれぬ。

「正月きたら、あも搗《つ》いて……」

と少女の子守《もり》サンが幼い妹を背中に負って子守唄をうたっていたが、あれはどの

地方の子守唄であったのか。

「あも、というのは僕も幼時、耳にしたことがありますが」

と熊八中年はいった。

「何となく、卑猥《ひわい》な語感でしたなあ」

「ほんとにそうね」

と私はいい、しかし私のそのとき考えていたのは、老婆たちが箸でまず皺《しわ》だらけの自分の口へはこんで、たべものを「あもあも」と咀嚼《そしゃく》し、のち幼児の口にはこぶ、ちょうど小鳥のおやこの餌はこびを見るような記憶が、あったからにほかならぬ。

「いや、僕のはちがいます。長じて『あも搗き』もちつきには、殊《こと》さらなる意味があると知ったからですなあ」

と熊さんはいった。

「どういう意味ですか」

「エー、たとえばお楽しみごとという意味」

「むろん、餅搗きは正月のたのしみですわね」

「いや、行事としてではなく」

「ふだんは搗きませんでしょう、やはり正月とか、寒餅といって大寒のときとか」

「それはやはり寒いときの方がよろしいが夏も結構なものです。四季いつもよろしいなあ」

「でも、夏の餅は、犬も食わぬとか」

「だまれカマトト、そんな意味ちゃう」

「さっぱり分りません」

「字引で調べてみなはれ」

そこで帰って調べると、近松の「関八州繫馬《つなぎうま》」にはこうあるとある。

「今宵はお寝間でしっぽりと、お二人のあもつき」

あかめつる

「あかめつる」は、赤眼吊《つ》る、で血相変えた状態を指す。「浪花《なにわ》方言大番附」には「不仲になる」とあるが、これは、赤眼吊った結果のはなしであって、むしろ、『大阪方言事典』にある解釈の、「赤目を見せていがみ合ふ」が正しい。

私はこのコトバを愛好していて、よく文中に使う。一読して「中々感じの出る大阪弁ですなあ」と笑う編集者氏もいるが、「なんのことですか」

とけげんな顔の御仁《ごじん》もおり、世はさまざまである。こういう感性的な言葉は、説明しているうちに鮮度が失われるので、分らない人がいては失敗というべきである。

「えらい赤眼吊ってボロクソにいいよんねん」

などという所へ使うと、目を血走らせてまなじりを吊り上げ、肩をいからしている状態を活写してあますところがない。しかも、そういう怱忙《そうぼう》のあいだに、ちゃんと相手の目の色まで見届けているということで、余裕のあることだから、実景描写におかしみが添う。あるいは、いきり立つ相手に、

「そない赤眼吊っていわんでもよろしやないか」

となだめてかかるとき、ふと相手に、おのれをふり返らせる機会をも与える。

当節の若いサラリーマンが、飲み屋で、

「赤眼吊って働いたかて、月給上るやなし、……ボチボチにしとかな、あほらしわ」

といっているのを聞いたことがあった。そういう若手が増えるものだから、こんどは均衡上、上司の年輩ものが「赤眼吊って」働かねばならぬことになり、よって

以《もっ》て、私は中年者に同情し、全日本中年男女のために万丈の気を吐く、ということになるのである。

赤眼吊る（釣る）、という言葉を、標準語に訳そうとしても、訳しにくい。「まあ、そう赤眼吊っていいなはんな」となだめると、やんわりしたおもむきとおかしみが添うが、

「血相変えていわなくてもいいじゃないですか」

というと、ひらき直って相手を批判することになり、相手はますますいきり立つであろう。

大阪弁の特徴は、大体において、三つある、と私は思っている。

一つは、自分のことをいうのに、他人風な言い廻しをすること。

ケンカのときなど、相手が言い募《つの》って、当方に口を開くヒマも与えない、されば当方も向《むか》っ腹《ばら》が立ち、

「ちょっと待てや、おい、ワシにも言わしたれや」

などといっている。そういうとき、「言わしたれ」（言わせてやれ）は、他人をと

りなすのでなく、おのれのことなのだ。ここらの呼吸がおかしい。つまり、天に口なし、人をして言わしむ、という調子で、相手も、まるで第三者に仲介されたように錯覚し、あわてて口を噤《つぐ》む。——またあるいは、おもしろいものをみんなでこっそり眺めている。その輪をもぐって、

「僕にも見せたってえな」

などといったりしている。

二つめは、水をぶっかける所があることだ。

何にでも水をぶっかけて冷静にしてしまう。

「赤眼吊って」と指摘されると、そうか、と内々反省して、一瞬ひるむ、そういう語を発明することが多い。

その三は、即物的なことであろう。

血相変えて、というより、赤眼吊って、という方が即物的なのはむろんである。

ちょっぴり、といえばいいものを、「目々糞《めめくそ》」という。

「めめくそほどの金くれて、えらそうにぬかしよんねん」

などと使ったりしている。汚ない言葉だが、感じとしてはよく捉《とら》えられている。ついでに汚ない言葉でいうと、ふつう「屁《へ》っぴり腰」という、中腰になる恰好《かっこう》を、大阪では昔、「ババ垂れ腰」などといい、さすがにあまり汚ないので、婦女子は用いなかった。

「そんなのは、商用語でふつうに使いますな」

と熊八中年はいう。

「小便《しょんべん》しよった、というと、商談成立したもんを水に流す、解約することです」

そうそう、いいますね。私は商家に勤めたから、ふだんにそれを聞いた。

「もっと上のどんならんのは、ババ掛けよった、いう奴。これは品物だけ取り込んで代金渡さん、悪質なるのをさす」

どちらにしても、あまり、かんばしい言葉ではない。

赤眼吊る、と並んで私の愛好する大阪弁に、「スカ」というのがある（スカタンもここから出ている）。スカというのは透《す》きから出ていて、あてはずれ、期待はずれ、くいちがい、破約、空虚などの意味をふくむ。大阪人は、わりにこの、「スカ」

というコトバを使うようである。

「スカ屁、などといいますな」

熊さんのいうのは、みな、尾籠《びろう》なる語ばかりである。これは、むろん、音なしの実質的なるものであろう。

スカ、も古い言葉で、字引でよく引用される例に、文政九年（一八二六年）刊行の『色深狭睡夢《いろふかみそらねのゆめ》』下巻に、

「此あひだ五十両むしんいふたら、ねつから返事もせぬゆゑ、どうぢやまた、すかかしらんと、たびたび文をやつたら」

などとある。

私が子供のころ、駄菓子屋に「当てもん」というのがあった。今から思うと、終戦後すぐにはやったスピードくじ、三角くじというようなもの、粗末な新聞紙の袋なんかを、その場でピッと裂くと、中に小さな赤いゴム印が捺《お》してある。それが当りだが、私はすべてスカ食らいの名人であるから、かつて当ったことがない。当らぬのを「スカ」という。

当りの賞品は、厚紙に貼《は》りつけられていて、糸で止めてある。ブリキのオモチャとか、セルロイドの飾り櫛《ぐし》なんかであった。私はセルロイドの赤い花のついたヘアピンが欲しくてならなかった。どうかして当てたいものだと、しばし、安物のアメを買いに駄菓子屋へ通った。アメを買うと当てもんをする権利を得るのである。

母にいえば買ってくれたかもしれないが、ふしぎなことに、当てもんで得た方がずっとうれしいのだ。私はいつまで入れ揚《あ》げても当らず、セルロイドの赤い花のついた飾りピンは、薄暗い駄菓子屋の店先に、燦然《さんぜん》とかがやいて私のあこがれの的になっていた。

私はいまも小間物屋の前を通るとき、子供用の飾りピンにみとれて通るのだ。

くじには縁のない私が、芥川賞に当ったのは、一世一代の僥倖《ぎょうこう》であった。今だから白状するが、受賞の知らせをうけたときは、子供のころの「当てもん」の袋を破って、「当り」の赤い印《しるし》が出てきた気分で、実に嬉《うれ》しかったものだ。

しかし熊八中年は小声で、

「そういうことは大きな声でいわぬ方がよろしい。文学賞の品位にかかわる」

と注意した。私はどうも、見さかいつかなくていけない。

スカという語も、牧村史陽氏によれば、

「実につかまへどころのない言葉で〝スカ見たいなやつちゃ〟などといふ語は、標準語の中には見出せぬ大阪式の言葉である」

といっていられる。スカみたいな奴、というので私の思い出すのに、例の金物問屋につとめていたころ、問屋には正月仕事はじめの日に年始まわりの人々が来る、たいていメーカーの社員である。

その人々は、問屋との取引の規模や、つきあいの親疎、メーカーの大小によって、地位がちがう。

問屋と大きい商売をしている仲のメーカーでも、一流の大メーカーだと、社長が来たりしない。せいぜい販売課長ぐらいである。部長がくる所もあるが。

中小メーカーだと社長が、係りの販売部員を従えて、みずからくる。中小メーカーでも、問屋と取引が少ないと、いつも来ている係りの若い衆だけが、年始まわりにくる。

あるときの正月、若い衆が年始まわりにやってきた。中小メーカーの下っ端だろう。

誰も知らない顔だった。

ごくわかい男で、影のうすい、オドオドした若い衆である。彼は入口でモジモジしてオーバーをぬいだ。まだ昭和二十年代の後半で、人々は冬、厚ぼったいオーバーを着ていた。

問屋だから、ビルの中の会社のように受付なんぞないのだ。ガラス戸をあけ放つと、カウンターの向うにずらりと机が並んでいて、いちばん奥まった所に大将《おやっさん》が入口向いて坐っていようという、そうして誰か人が入ってくると、あまたの机の主《ぬし》が一せいに顔をあげて見ようという、気の弱いものには卒倒しそうなかんじの店頭。

もっとも、商人、ならびにその卵だから、そんな気のよわい奴は一人もなく、ふだんだと「ちゃッ！　毎度ォ！」と入ってくる。こういうときの声、力を入れた方が機先を制するわけである。

正月であれば、脳天へひびくような声で、

「おめッとうさんです！　今年もひとつ、たのんまッさ！」

と入ってくるのだ。そうして、あらためて奥へ通り、ていねいに挨拶を交わす、という段取り。

しかるにその若い衆は、門口でまっかになってボソボソといい、蚊の鳴くような声で誰にも聞きとれない。みんな呆《あき》れて、じっと見ている。若い衆は泣き出しそうな顔でぺこんとお辞儀して、オーバーを抱えたまま店をとび出した。

「あれでも年始まわりかいな」

とどっと、一同笑い、大将は、

「どこの若い衆や」

「〇〇アルミちゃいまっか」

「いや、××軽金属ときこえましたで」

「スカみたいな奴ちゃなあ」

とみなみな、腹を抱えて大笑いになった。

スカはこんな所へも使う。私は、あのときの若い衆の泣き出しそうな気のよわい顔が忘れがたい。まあ、はじめはみんな、そうなのだが、商人の世界へ入って、だんだん、商売人のメシのうまくなるやつと、どうしても向かない人間とがいるのは事実である。私は、あのときの若い衆が、どうか商売人のメシがうまくなっているように祈りたい。

「僕などであると、スカくらうというのは待ち合せで、スッポカされたときに使いますな」

と熊さんはいう。

「そうそう、そういうときも適切ですね」

「神戸なんかやと、たとえば『新世紀』なんちゅうあたりのキャバレー。ホステスくどいて、ですな、向いの喫茶店なんかで待っとんのに、店が閉っても一向に来ず、スカくろうた、とわかるとムーと腹立ち、しょうことなしにご帰邸になる、と、玄関開《あ》けた女房《よめはん》、『今ごろまでどこほっつき歩いてんの、一週間つづけて午前様やないの！』てんで、赤眼吊ってどなりますなあ。立板に水みたいにいうなと売り言葉に買い言葉。夫婦ゲンカのあくる日、蹌踉《そうろう》と会社へ出てゆくときの、スカみたいな気分」

どっちへまわっても熊さんのは、いいときに使わぬようである。

ぼろくち

大阪人が顔を合わせると「今日は」の代りに、

「もうかりまッか」

と挨拶《あいさつ》し、中国人は「お早う」の代りに、

「もうご飯たべましたか？」

というのだとは、よく侮蔑《ぶべつ》的にいわれることである。

中国の習俗はともかく、大阪ではむろん、それは誇張された伝説である。

大阪人は「今日は」の代りに、

「お出かけ？」

「ちょっと」

などといい、あるいは、

「毎度」

といったり、これがテレビ局あたりであると、夜ひる問わず、

「お早う」

「どうもどうもです」

なんて下らぬ言葉を交わす。関東とそこは同じである。

商人同士の会話の冒頭に、いささか揶揄《やゆ》的に、誘い水として「もうかりまっか」

というのであり、そういわれて、

「もうかってます」

という阿呆はおらん、

「ぼちぼちですな」

というのが、かなり儲《もう》かっている奴、

「トントンいうとこですわ」

と収支相《あい》つぐなうが如く、いい恰好するのは、ちょっと儲けてる奴、

「ま、泣き泣きですなあ」

というのは、まずまず儲けてるという程度、ほんとうに儲けていない向きは、

「あきまへん」

と血を吐《は》く一語を口走るのである。

大阪人とあらば、誰でも彼でも、もうかりまッかと言い交わすわけではない。

大阪人にもとんと金儲けにうとい奴、金に縁のないのが多く、むしろ、金儲けに関心ない、といってもいい、そういうのが多い。『大阪春秋』という雑誌の三号に、鷲谷樗風《ちょふう》さんが書いていられるが、明治二十八年頃のことで「大阪にないもの一覧表」というのがあるそうである。

一、華族。(これは当然であろう。大阪は商人町人の町である)

二、大臣。(鷲谷氏註によれば下宿屋の二階で大臣の夢を見ていた奴は多いそうだが)

三、博士。（今も同じで、大阪に少ない。但し医学博士をのぞく）

四、ガス燈。

五、二頭馬車。

六、図書館。（作っても行く人がおらぬ）

七、眼鏡橋。（八百八橋がみな眼鏡橋なら千六百十六橋になってしまう）

八、洋装婦人。（看護婦をのぞく）

九、先曳の車。（何をそない急ぐことがあるねん、とふしぎがるのが大阪人の特徴である）

十、洋食宴会。（大阪人は酒の献酬《けんしゅう》をしつつ畳に坐って食事をしたがる）

十一、鉄道馬車。

十二、一現《いちげん》の客。（金が万事の大阪、といわれながら、はじめての一現さんはいかに金を積んでも遊興できぬのが、浪花《なにわ》の色里である）

十三、車上読書。（机の前でも本などよまぬのが、何として人力車の上でまで読むものか）

十四、横綱力士。（あれは食物のまずい県から出るもの）
十五、馬車令嬢。（深窓のいとはんは他出しない）
十六、板葺《いたぶき》屋根。（鷲谷氏の註によれば、大阪は江戸に比べて火事が少ないので、
仮建築が見当らぬそうな）
十七、新聞号外。（外でバラ売りせず配達）
十八、東照権現。（当然コケンにかかわる、ここは豊太閤のご城下である）

ということになるそうである。

そして、現代なら、私はこれの中のあるものと差しかえて、学生をあげたい。京都や東京から見ると、全く、学生は大阪に少ない。

現代ではその少ない学生たちの方が、「儲かりまっか」と言い合う方が多い。実際、私はしみじみ思うが、いまどきの若者、「金はなくとも夢はある」という、旧制高校の寮歌みたいなことを考えている子はいなくなった。

身ぶるいするほど、または耳鳴りするほど、

「ああ金がほしい」

と思いつめているのではないか。物の潤沢な時代に人となり、日本開闢《かいびゃく》以来というような平等時代に育ち、金さえあればどんな生活も思いのまま、という甘美なエサに釣られて、

（金！　金！　金！……）

と金の虫になっている若者は中年より多い。

私は金に鼻面とって引きまわされる人間、いまや地方によるのではなくて、時代、世代、年齢によると思うようになってきた。

大阪に住んでいても、「阿呆らしイて、赤眼吊って稼《かせ》げますかいな」という中年者が多い。

もしそれ、「もうかりまッか」と挨拶するのが若者であれば、それは必死切実の思いを揶揄の口調でごまかしてるのであり、中年者が挨拶したとすれば、あきらめ半分の揶揄を、わざと切実そうにひびかせていってるのである。

こういう言葉は、反語的に使われることが多い。もうかりまっか、と問われて、

「もうかってもうかって、しょうまへん」

という答えもある。

「あきまへん。何ぞ、ボロクチおまへんか」

と反問する手もある。

ボロクチは、ぼろいもうけ口ということである。

ぼろくそにいう、とか、ぼろい、という言葉はあるが、ボロクチというのは、大阪弁だけであろうか。

これは便利なことばで、長尻の客にじれじれしているとき、電話がかかる、これ幸いと、

「すんまへん、ぼろくち、ぼろくち」

と席をたってしまう。客もしかたないから、

「では、これで失礼します。せいぜい儲けとくんなはれ」

と帰らなければ仕方ない。

あるいは仕事場へ電話がかかる、それが彼女の電話であると、

「ぼろくち、ぼろくち」

といって、別の電話に切り替えて、両手で囲いをしてそっと聞く、などということもできる。ぼろくち、というから、何か商売上の機密に触れることもあろうかと、人は遠慮するから都合がいい。

ぼろい、ぼろくち、どんな所から出たコトバであろうか、『日本国語大辞典』（小学館）にもボロイはあるが、語源は書いてない。

わが愛の『大阪方言事典』によれば、

「使ひ古した役に立たぬ衣服や布切をボロ（襤褸）といひ、その破れたさまをボロボロといふが、さうした役に立たぬやうなものを高価に売り込むところから〝ぼろい儲け〟などといふ語が生じたのではあるまいか」

たいていの辞書にはボロイの注釈として、

「元手、労力のわりに利益が非常に大きいこと」とある。

しかし、粉屋の娘が王子様に見こまれる、とか、ホステスが大統領夫人になる、といったシンデレラ物語では、ボロクチとはいわぬ。

それはやはり、「玉の輿《こし》」という方が、妥当であろう。

何の苦もなく楽勝したことを、

「ボロ勝ちやア」

という。

ぼろで、思い出すのに、ボロ買い、という語には、大阪人は二つ意味をもっているようであった。

私がつとめていた商店の番頭は、若い衆にかねてそれをいましめていた。

「ボロ買いすなよ」

と、地方出張の準備をしている店員に念を押す。やくたいもない女たちとドウコウすることである。

彼はまた、口ぐせのように、

「安物買いの銭失い、安物買いの鼻落し」

といい、私は前者は意義分明であったが、後者が分らない、安物の品（若い無垢《むく》な娘の私のあたまには、バーゲンのブラウスや手袋、靴、ハンドバッグしか思い浮ばなかったのである）を買えば、なぜ鼻が落ちるのか、その因果関係が納得できなかった。

「ボロ買いしたらあかん」

といっていた番頭自身、ボロ買いの大好きな男だったらしいのだが。

ところで、このボロクチであるが、私は爆破魔の青年グループも所詮《しょせん》は、

「なんぞぼろくちおまへんか」

ということで、アッチの方へずるずるにはまりこんでいったのではないかと思われてならぬのである。

出口なしの閉塞《へいそく》時代、人はみなぼろくちを求め、夢みている。ぼろくちに生涯の夢を賭け、競馬やパチンコや宝くじに走る。人間の数が多くなり、社会の空気の流通がわるくなるにつれ、息苦しさは増し、ぼろくちを夢みるのである。

「儲かりまっか」

の挨拶の代りに、現代人は、

「何ぞ、ぼろくち、おまへんか」

と言い合うのである。狼《おおかみ》や大地の牙《きば》は、互いにそう言い合い、うなずき交わしたのであろう。

しかし昔から、一攫《かく》千金を卑しめる人も多くおり、そういう人は身をつつしみ節倹に励む。

そういう人をしぶちん、という、といったら熊八中年は、

「うんにゃ、ちがいます。ケチとしぶちんは違う。節倹に励んで金をためるのがケチで、倹約してためた金をぱっと使うのが、しぶちん」

だそうである。

「ちょっと見は同じに見えますがね、たとえばトイレのおとし紙に新聞紙をちぎり、茶の代りに白湯《さゆ》を呑み、腹の減るのを用心して大きな声でものいわず、靴のいたむのを恐れて、人の見ぬ所ではハダシで歩く、こういう所までは同じであるが、そうやって金をためてじっと抱いてにんまりしてるのがケチ、そいつをぱーっと散財して次なるボロクチにそなえるのがしぶちん」

なるほど。

「そのケチぶりを、いちいち世間に披露してこれを諸人のカガミとせよ、などと説教垂《た》れるのはケチ。万人にケチをすすめ、ケチ哲学などとケツの穴のせまいことを吹聴する拝金の徒などは、あかんのですなあ」

「しぶちんの方が上等である、と」

「むろんです」

「しぶちん、というのは、いったい、どういう語源でしょうねえ」

「渋人、ではないですかな。そうじて自分のものを出し渋る人、という意味」

「ほんと！」

「うけあえまへんが」

熊八中年のいうことはあてにならぬ。

ウダウダ

大阪人の頻用語の一つに「ウダウダ」というのがあり、これもちょいと標準語にいいかえにくい。

これは必ず、下に、「いう」とつけて、

「ウダウダいうとる」

「ウダウダいいなはんな」

などとつかう。

ゴテゴテ、ごてくさ、くどくど、ぐずぐず、ぶつくさ、というような語感であるが、みな、ちょっとずつちがう気がされる。

もともと、この語は「うだうだしい」から来たと、『日本国語大辞典』にはある。「うだうだしい」は、おろかな、間のぬけた、しどけないたわむれごと、というような意味である。

それからして、よしなきざれごと、やくたいもないばかげたこと、という意味が、「ウダウダ」にはある。

「ウダウダいいなはんな」

とたしなめるのは、

「ええかげんにおきなはれ」

という、言外の叱責や侮蔑があるのだ。

ブツクサいう、という意味もあり、「ウダウダ」は、馬耳東風ときき のがされるのである。

同じような雰囲気に、「ゴテる」「ゴネル」というのがあるが、

「ゴテる」

の方は、「ウダウダいう」よりも、やや、扱いが面倒になる。

「オイオイ。おっさん。今、何いうてん。ワイの聞きまちがいかも知らんけどな、もういっぺんぬかしてみい」

などと、ややこしいのがゴテると、こと面倒である。まあ、そこまでいくと「ゴテる」よりも凄むほうで、「暴力を見たら聞いたら一一〇番」という感じになるが、これが私などであると、原稿の催促のしかたが気に入らぬとて、ゴテはじめ、

「オタクの雑誌にはもう書きませんからねッ!」

などというと、「ゴテセイ」とよばれ、

「またゴテたか、あのおばはん」

とヒンシュクを買うのである。

しかし現実には、私にそれほどの威勢と実力があるわけではない、それらしいことをモゴモゴというだけで、

「ウダウダいいなはんな!」

と東京の出版社から一喝されると、すくみあがるのがオチである。

しかく、「ウダウダいう」は、かなり侮蔑的に迎えられているのである。

ご冗談でしょう、と鼻であしらわれる気味もある。

「ごじゃごじゃいいなはんな」

「ごじゃごじゃいわんと、まあ、ここはワテに任しててんか」

などというコトバも用いられるが、「ごじゃごじゃ」はまだしも、言い分が通りそうな気分が感じられる。

しかし「ウダウダ」に至っては、てんからバカにされているのである。高飛車にきめつけて抑止されるのである。

男性たちは、「婦人週間ちゅうのは何やねん、あれ。何やしらんオナゴが集まってウダウダいうとるだけのこっちゃないか」などという。

ウダウダは、こういうところへ使う。

酒飲みがクダを巻いて同じことをくり返ししゃべっている。ろれつも怪しく、ひとり笑いし、ひとりで相槌を打って泣いたりしている。

人は冷笑し、

「何ウダウダいうとんねん。オイ、誰ぞ、水ぶっかけたれ、この酔っぱらいに」

などといったりする。こういう所へも使う。

「ゴテる」は、対する人にそれ相応の警戒心と緊張を要求する状態だが、「ウダウダ」は物の数にも入れてもらえぬ状態である。

「浮気した男が、必死に言いつくろって、アリバイを主張したり、潔白をいいたてたりする、すると女房がせせら笑うて『何をウダウダいうてるんです！　証拠はあがっているんですよ！』と、こういうところにも使いますなあ」

と熊八中年はいった。

「なるほど。適切な用法ですね」

「あれはやはり、ウダウダいうてるほうが勝ちです。女は、白黒をつけるのが好きですが、あんなん、ホンマのこと白状するもんコドモ。オトナはウダウダ弁解し、いつのまにやら、立ち消えするもんです」

熊さんのいうことは、いつも、どこかズルイところがある。

「しかし、おくさんは承知しないでしょう」

「女は『すっかり白状しなさい、みとめなさい！』てんで、たけり狂いますが、これは絶対にウダウダに限る。すっくり話すと女はどうなるか」

「どうなりますか」

「よけい、とりみだす」

すっくり、で思い出した。

これも「すっかり」に似ているが、もっと意味は強く、あらいざらい、というか、根こそぎ、というか、そんな意味がある。

京は三条の鴨川のお茶屋、夏になると裏の河原にアベックが並ぶ。二階の窓から何げなしにおかみさんが河原を見たら、

「目ェの下にアベックがいやはって」

愛の行為をやったはるのが、

「すっくり、見えましたわ」

これは一部始終という意味も、この場合、ふくまれる。

それかといって、「すっくり忘れていた」というようには使わない。そういう場合は、

「ころッと忘れた」

という。「ころッと」というのも根こそぎ、という意味があるが、さればといって、

「ころッと盗まれた」

とはいわない。大阪人はそういう使い方をする人は誰もない。その場合は、

「ごそッと盗まれた」

という。使いわけはきっちりしないといけないようになっている。

さて、ウダウダいう人間を、「何ウダウダいうてんねん」と一喝してしまえばよいが、これが商売の相手でもあると、そういちがいにカマせないからこまる。

そういうとき、大阪人の愛好する語に、

「難儀やなァ」がある。

困ったこっちゃ、かなわんなあ（大阪人は、かなんなあと約《つづ》める）、面倒やなあ、というような意味合いで、しかしそれもセッパつまったものでなく、例によってわが難儀をみずからおかしがっているふしがある。

「難儀」のこういう使いかたは、古くからあって、すでに「太平記」の「大塔宮熊野落の事」には、
「宮は此事何れも難儀也と思召て、敢《あへ》て御返事も無りけるを」
とあると『日本国語大辞典』にはある。大塔宮は「かなわんなあ」と思われたのである。

難儀やなあ、とは内々での嘆声で、これが相手に向うと、
「そんな殺生《せっしょう》な……」
という、これまた大阪人好みの言葉になる。

私は、「ウダウダ」の語感も好きであるが、「殺生な」という感じも好ましい。

殺生はもとより、本来の語義は、生き物を殺すという仏教語である。かの日葡辞書にも「セッショウ。イキモノヲコロス」とある。

そこから転じて、残酷な、かわいそうな、むごい、ひどいという意になり、また転じて大阪弁では、ワヤクチャ、理不尽な、あまりといえばあんまりな、という意味で使われる。

往々、「セッショ」と短く約められたりもするのは、「毒性」が「ドクショ」といわれたりするのと同じである。

毒性は、意地わる、むごたらしい、ひどいという意味で、

「あのドクショオナゴめが……」

と使ったりする。

「そんなセッショウな」

というときは、半ば詠嘆であるから延ばすようである。

「あんた、あんまりセッショなこと、いわんといとくなはれ」

などという場合は、緊迫しているので短くなるが、べつにきまりはない。たとえば、買手が値段を値切り倒す、そろばんを弾《はじ》いて、

「ここまでまけとけ。ほんなら買うわ」

というと、売り手はそろばんを見て、

「そんな殺生な。これやったら口銭あらしまへんが。頼《たの》まっさ。水なと飲めるように色つけたっとくなはれな」

といって、またそろばんの珠をパチパチと上下してみせる、そういうときに使われると、

「そんな殺生な」がイキイキする。

しかし熊八中年にいわせると、

「いやそら、何ちゅうたかて、僕の友達の場合なんかでした」

ということである。熊さんの友人の中年紳士、海外に愛人ができ、異国美人とねんごろになってしばしば海外へ出張をくり返していたが、夫人の知るところとなって、旅券をとりあげられ、資金を凍結され、身一つで追い出されて、

「そんな殺生な」

といい、こういうときこそ、まことにこの語が生きてくるそうだ。

そら殺生やで、というのが、圧迫者に対する被圧迫者の抗議であるとすれば、第三者に向っての客観的報告は、

「往生しました」

になる。これは前田勇氏の『大阪弁の研究』（朝日新聞社刊）によれば、東京弁の

「弱っちゃう」

に当る、といわれる。けだし名訳であろう。

牧村史陽氏は、「行きづまり・どうにもならぬ困惑の意から、閉口する・困るといふほどの軽い意にも用ひる」とされる。

「ウダウダいわれて、往生しました」

などと使うが、もとより往生は仏教用語で、現世を去って、極楽浄土に往くことである。

それからして、死ぬことに用い、弁慶は川の中で立往生したと伝えられ、

「新幹線が米原で一時間、立往生しましてなあ、殺生やで、ほんまに」

から、

「あいつもとうとう、往生したか」

と、人の死ぬときにも使われる。

更には、

「××もとうとう、銀行にソッポむかれて往生した」

となると、バンザイということでこれ即ち倒産、女をくどいて、

「ええかげんに往生しいな」

などと多彩な使いかたをする。ここでは覚悟をきめるというほどの意、目をつぶる、一巻の終り、という意もはいる。

熊さんの友人なぞも、その当座は修羅場であったろうが、すべてすんでみると、のど元すぎれば熱さを忘れはて、あつかましく、

「いや、あのときは往生しましたデ」

と呵々大笑しているであろう。

「僕は往生する、には、まだ余裕があると思いますなあ」

と熊さんはいい、

「往生する、にはあきらめるというようなニュアンスもある。しかし、真実、うんざりした、というようなときには、うとてもうたといいますなあ」

うとう、うとーた、うとた、は、歌《うと》うた、である。フシをつけて声を張って歌うのではなく、悲鳴をあげる、降参、音《ね》をあげる、ということで、往生すると同じく、

倒産したときにも使うが、もっと切実で、緊迫感がある。

また、はげしい労働などして、ぐったり疲れたときなど、

「あんばい、うとてもうた」

などと。

自殺者は、人生に「うとてしもた」わけである。

「うとてしまう人は、やはり思いつめるんでっしゃろか。いちずにうとうてしまわんと、おのが難儀を自分でおかしがり、こらもう往生した、と頭かいて、ウダウダいうてると、またそのうち、何なりと道もひらけるのんかもしれまへんなあ」

私と熊八中年、「ウダウダ」は好きな言葉である、とみとめ合った。

タコツル

大阪弁の罵詈讒謗《ばりざんぼう》、悪口雑言というか、あくたれ口というか、そういうものを以前にも考えてみたが、それらはすべて、「ド……」を接頭語にもってくれば、てっとり早い。

ドあほ、ド畜生、ド餓鬼、ド嬶《かか》、ド盗人、ドタフク、ドタマ（ドあたまのリエゾンせるものである）、ド助平、……みな「ド」さえつければ、大阪弁では強烈なパンチになる。

バリザンボウの言葉に上品なものがあるはずないから、これらは下等野卑なる言葉であって、いやしくも教養ある士大夫の、軽々《けいけい》に口にすべきしろものではない。

しかし、重々の場合には、ふんだんに、まき散らすがよかろう。

巨人・阪神戦をテレビで見ている阪神ファンの大学教授、いいトコロまでいった阪神が例によって例の如く、後半めためたと崩れ（阪神ファンはこの故に、きまって胃を悪くするのだが）、大学教授は手に汗握って思わず、

「ド阪神め！」

と口走り、この場合、なかなか典雅で、よきものであった。

または美しくあえかなホステス嬢、可憐に、

「またいらしてえ」

と客を送り出し、ドアを閉めるが早いか、

「何さ、あのドタヌキ！」

などと呟いているのも、おくゆかしい風情で興趣つきぬものがある。

接頭語には「ド……」をつけたらよいとすると、これに対応して接尾語には、

「くさる」

「さらす」

「けつかる」

「こます」

などというのがあり、すべて動詞の連用形下につけて活用すると、怒罵とみに生彩を帯びて、輝やかしくなる。

「やがる」という語尾は、別に大阪だけのものでなく、江戸っ子も使うであろうが、大阪弁で「さらす」とつけると、一段と語意はつよい。

「何さらすねん」

というのは、

「何をしやがる」

よりぐっと迫力があるのである。

「けつかる」と「こます」は、それぞれ、上に「……して」がつく。

「何ぬかしてけつかる」

というように使う。

「こます」は自分のことをいうときだから、

「いうてこましたった」

というように使う。

大阪弁の卑語、悪口はそれぞれ、古い歴史と由緒を誇り、これらの言葉はみな伝統をうけついでいるのである。

歌舞伎や昔の滑稽本にも「さらす」は頻出する。

「くさる」も『日本国語大辞典』によると浄瑠璃「都の富士」に、

「生ても死んでも忘れはせじ、覚えくされとせきくるひ」

などとあるそうである（これは原文を読んでない）。

そういえば、「けつかる」も古い。

巣林子の「丹波与作」に、

「どうすりめ、覚えてけつかれ」

とある。「丹波与作」の初演は宝永四年（一七〇七年）だから、三百年ちかく、大阪人に愛用されている悪たれ口なのである。

これは発音上の注意としては、

「けッかる」

とつまるのは近代風で、

「けつかる」

と発音するのは古い時代のものと、これは牧村史陽氏の説である。

ちなみにいうと、大阪人のケンカのやりとり、おそろしく早口で、ちょうどイタリー語でまくしたてたような感じがする。私はイタリー語に不案内であるが、何となくそんな感じがするのだからしかたない。大阪男の中には、バリザンボウ語を二つ三つくっつけて使う奴がおり、

「なンかッさらッけッかるねン！」

などとやってるのを聞いたことがあるが、これなんか、他郷人が一ぺん聞いただけではとうてい意味不明であろう。これは、

「何をぬかしさらしけつかるねん」

という言葉を捲舌《まきじた》でいったもので、

「何をおっしゃっているのです」

という意味である。

さて、ケンカが、口だけで終らなくなり、暴力が用いられると、更にいろんな表現に分かれる。

撲《なぐ》る、叩く、こづく、のほかに、

「どつく」

「どやす」

「しばく」

「はつる」

などとあるようである。

「ぶつ」という言葉は、大阪弁にはなく、これはもっぱら「叩く」である。

私は子供の頃、祖母らと見た浄瑠璃で、いまも印象的なのは「傾城阿波鳴門《けいせいあわのなると》」、どんどろ大師の場であった。やはり、同じような年頃の子供が出てくるからであろう。

巡礼お鶴が、父や母をさがすあわれな場面――

〜いえいえ、恋しい父《とと》さんや母《かか》さん、たといつまでかかってなと、たずねようと思うけれど、悲しいことは一人旅じゃで、どこの宿でも泊めてはくれず、野に寝たり、人の軒の下に寝ては、たたかれたり……

のくだりまでくると、子供の私の眼に思わず涙がじわっと湧くのであった。「キンダーブック」や講談社の絵本、アンデルセン童話集など買ってもらって、けっこうハイカラな本にしたしみ、都会っ子でいるつもりなのに、浄瑠璃のもっちゃりした、暗い寂しい情感がそくそくと私に迫ってきて、「たたかれたり」というところ、目にみえるようであった。

現代の子供のように、児童憲章なんか出来て社会の王様みたいに大事にされているのとちがい、昔のオトナ、それも他人のオトナは子供に対して冷酷でじゃけんであった。私には庇護してくれる家庭があったからよかったが、身寄りのない、さすらいの子を「たたく」無残なオトナは充分、想像できた。

「たたかれたり」というと、この悲しいくだりを思い出す。

「どつく」も古い言葉で、大阪弁のケンカでは、

「どつき廻したろか」

などといったりしている。「どついたろか」を強めたコトバであって、別に、ど

ついてくるりと一回転させることではない。

ゲンコやビンタを雨あられと降らせる、という意味もあろう。大阪弁はふしぎな

言いまわしをするもので、

「走りあるいてさがしてきた」

といったり、する。走るのとあるくのとは別だが、ここは「走りまわって」の意

味である。「どつく」は、「胴突く」か？　と牧村氏は推量していられる。

「どやす」も古い。十返舎一九の「膝栗毛」にも、

「天窓《のうてん》どやいてこませやい」

とある。

「どやす」も「どつく」も、なぐる、ぶつ、という意味は同じだが、「どつく」は、

なぐる専門である。

しかし「どやす」には、雷をおとす、こっぴどく叱られて油をしぼられるという

意味もある。

「課長にごっつう、どやされた」

というように使い、めざましく叱られる意味である。

「しばく」というのは、なぐるというのとも、わずかにちがい、

「ピシッ」「バシッ」

というような鋭い殴打である。竹のムチとか、細い革紐とかいうようなもので打ちすえたりすると、

「しばかれた」

といったりする。どうも広範囲にわたっての打撃ではなく、小さな部分に加えられる打撃のことらしい。浮世草子の「世間旦那気質《かたぎ》」には、

「烟管《きせる》を三度しばきけるが」

などとあり、これも古い言葉で、前田勇氏は、

「シワク」（撓く）

から来たものではないか、といわれる。

「はつる」もよく使うが、これはもとは皮をはぐことからきたらしく、上前をはねるとか、口銭をとる、とかいう意味にも使う。そのせいでか、

「あたま、はつッたった」

というのは使うが、「尻をはつった」とはいわない。尻は「はたく」である。

「いわす」というのもある。

「あいつ、ちょっといわしたろか」

というのは「やっつけてやろうか」という意味であるが、音《ね》を上げさせてやる、という気分も含まれているので、「いわされた」といえば、「えらい目にあった」ということになる。

「タコツル、というのがありましたな」

熊八中年はいった。私も知っているが、

「あれは大阪弁ではないでしょう。よそでも使うかしら」

「それに、近頃ですなあ。僕らの子供時分は、あまり聞かなんだ」

蛸を釣られる、というのは、叱られる、という隠語であるが、なぜそういうのか

分らない。

「えらいタコ釣られてもうた」

などといい、牧村氏によれば、はじめは大阪第四師団管下の兵隊の隠語だったそうである。前田勇氏の研究では、兵舎の窓から兵隊が、屋台のおでん屋の煮蛸を釣り上げるところを見つかって、叱られたからだという。

あるいは叱られたものが茹で蛸をつるしたように赤くなるからだともいい、また、タコは頭をさすので、子供の頭を、両手ではさんで宙に釣り上げたからだとも。

「私見によれば、蛸は坊主の異名でしょう」

と熊八中年はいった。

「昔、大阪に仏教系の中学校があり、そこのアダナは、タコ中、というのでした」

「そうそう、ありましたっけ」

「タコ中も戦時中は軍事教練きびしく、コワイ教官が来て、きびしくしつける。ついていけない生徒は、片っぱしからはつられる」

「ハハア」

「それをみていました大阪の人々、タコ中ではつられる、それがつまって、タコつられる、になった」

ほーんと？

どの説が当っているのかわからないが、坊さんを蛸というのは、古くからあることで、古川柳には好個の材料となっている。

尤も、これは坊さんに対して、いかにも失礼である。そんなことをいうと、どやされるであろう。なお、今回の怒罵のコトバでは、男性専用はなくなりつつあるところに、今日的な意義がある。それゆえ、あえて採録した。

「サン」と「ハン」

大阪の人がよく抗議することだが、大阪弁を書く他国の人、人の名に何でも、

「……ハン」

をつければよいと思っているが、あれはまちがいである。

「ハン」とつける場合は、限られてるのである。

「ハン」は「サン」の訛りで、さらに「サン」は「サマ」の訛りであろうか？ もともと大阪弁には「サマ」はない。「サマ」はむしろ東京弁である。京都弁にも「サマ」はない。

ていねいにいうときも「サン」である。

大阪弁は京都弁から来ており、京都弁は御所言葉から来ているが、そもそも、宮廷の御所言葉に「サマ」がないのだ。『御所ことば』（井之口有一・堀井令以知著）という本で見ると、

「禁中サン。皇后サン。大宮サン」

と呼んでいる。皇太子殿下は、

「東宮サン」

または、

「春ノ宮サン」

である。妃殿下は、

「御息所《みやすみどころ》サン」

である。尤もこれらの言葉は昭和十九年、華族会館の旧堂上懇話会が、当時の公家言葉を集めたもの、とある。その草案作成に加わったメンバーの元内侍、穂穙英《ほづみ》子氏と、元権典侍、山口正子《おさこ》氏は、明治大正の宮廷に仕えた人だがこんな風な話をしていられる。穂穙サンは宮中で源氏名を呉竹《くれたけ》、山口サンは藤袴《ふじばかま》とよばれ、ほか

に初花の掌侍だとか（これは本名烏丸サン）、八重菊の掌侍（本名土御門サン）、早百合の掌侍（本名東坊城サン）、撫子の掌侍（本名高松サン）などという女官がたがいられた。さながら『源氏物語』の中の世界である。明治天皇の宮中で、高級女官たちは緋の袴をはき、おすべらかしの髪に、五つ衣《ぎぬ》を着ていた。

山口「明治天皇さんがお昼は必ずお洋食でございました」
穂穙「そうであらシャイましたわね。（略）パンであらシャイましたよ。フランス料理であらシャイました」
山口「わたくしどもご洋食をいただくのを楽しみにいたしして……」
——これは両陛下のお下りを女官たちが頂くのである。
穂穙「お二方《ふたかた》さんギリギリにお作りしてございませんから、お立派なお銀皿の上に沢山お盛りしてございますから。そのうち、両陛下が少しずつお取りあそばされるだけでございますから」
山口「もうそれは……。それこそほんとうに、昭憲皇太后さんは『これはわたしの

大好物』と仰せられながら、何でもほんのぽっちりしかあがらシャイませんでした」（略）

穂穙「昭憲皇后さんはお弱《よわ》さんなのでね」

山口「明治時代でも、その昭憲皇后さんはお弱さんだったもんでございますから、お寒いとき、お暑いときはどこへかナラシャイましてございます」

——「大正天皇さんがフランス語のけいこあそばしてナラシャッ」たのは、「英国の皇太子さんがお出であそばしたとき」だそうで、これは「皇太子さんの席」を「お下りあそばしたお方さん」ウインザー公をさす。

堂上家でも「殿サン」「御簾中《ごれんちゅう》サン」（摂家清華の室）「姫サン」「オチゴサン」「トウサン」（子息子女）などと、みな、「サン」である。

ついでに「ありがとう」というのも堂上言葉で、「ありがとうございます」というのは町方のいやしい、野暮ったい、いい方とされている。「おおきに」というのは、言外であるらしい。

京都弁・大阪弁の敬称「サン」は、かくして下々に拡まり、定着したものであるらしい。

だから「お父さま」「お母さま」などというい方は、東京の方言であるのだ。

大阪の子供に、こんなシツケをしたら、切なさそうな顔をするにちがいない。

ところで「ハン」と「サン」のちがいであるが、この区別に、法則はないので、他国の人にはたいそう説明しにくい。ちょうどフランス語を習う人が、名詞の性になやむようなもので、なんで葡萄酒が男で、ビールが女なのかと腹が立つが、そうおぼえなければ仕方ないのと同じである。法則はないが慣用として、つける言葉はきまっている。サンが必ず、ハンにいいかえられるとは限らない。

福田サン、田中サンを、福田ハン、田中ハンといいかえてもよいが、神サン仏サンを、「神ハン、仏ハン」とは決していわない。

大阪では神仏までみな「サン」づけでよぶが、「戎《えべッ》サン」を「エビスハン」とはよばない。「天神サン」「生国魂《いくたま》サン」「弁天サン」「不動サン」みなしかりである。「住吉《すみよッ》サン」「愛染サン」など、まちがっても「ハン」には転訛しない。

それと同じで、「旦那ハン」とは決していわない。「旦那サン」を、「ダナサン」になり、「ダンサン」になったのである。「ダンナサン」から、短く約《つづ》まり、「ダナサン」になり、「ダンサン」になったのである。

店の実権を伜にゆずって会長になった人は、「親ダンサン」とよばれる。また、専務クラスとなって、当主の親爺の補佐をしているような伜は、「若ダンサン」とよばれる。親旦那、若旦那のことであるが、いずれも「ダンハン」とは決していわない。

「御寮人《ごりょん》サン」も、「ごりょんハン」とはよばない。もし、「ハン」をつけるなら短く約めて「ごりょハン」であろうが、これはいささか軽侮の味があり、めったになくて、たいてい、大店《おおだな》の妻女をよぶのは「ごりょんサン」である。隠居した婆さんは「お家《え》サン」とよばれる。刀自《とじ》である。しかし、中には、「オエサン」「ゴリョンサン」健在の家もあり、そこへ来た長男の嫁は、「若ゴリョンサン」とよばれたりする。

「イトサン」は「愛《いと》しい人」から出た公家言葉で（ここから「トウサン」が出た）、これも、「イトチャン」というのは聞くが、お互いのあいだで「イトハン」とはいわない。良家の娘のことである。香村菊雄氏の『船場ものがたり』という本をみると「サン」と「ハン」の区別を考察して、

「人のみょう字や名前を、その人に向かって直接呼ぶときは『さん』をつけることが多く、その人のことを第三者同士が話の中で話しあうときには『はん』をつけることが多い」

とされている。けだし、卓見であろう。

そしてその例として、田中と井上という二人の船場の旦《だん》さんが路上で会い、双方の知人である佐藤という人のことを語りあう、そうすると、こうなるそうである。

井上「ああ、田中さんやござりまへんか」

田中「おおう、井上さんでっかいな。えらいお見それいたしまして」

井上「ときにあんさん、備後町の佐藤はんのことでっけど、どないなはってますか

いな。ちょっともお会いいたしまへんが」
田中「それがな、わてもまたぎきでっけど、胃《いい》の手術《しりつ》なはったそうでっせ、佐藤はん」
井上「へええ、ちょっとも存じまへなんだわ」

つまり、面と向って話すとき「ハン」にしたら、「おばはん」といわれてムッとくるのと同じく、あまりおちつきよくない、ということだ。

「ハン」の無難なる使い方としては、親愛こめて第三者を指す、そういう場合であろう。

ただこれも、たいそういいにくい音が「ハン」の上にくると避けるようである。

小林ハン、小谷ハン、などはいいにくい。弁天ハン、愛染ハンのように「ン」音がつくと発音しにくい。香村氏はそのへんのところをまとめて、

「アイウエオ五十音で、イ列のイ、キ、シ、チ、ニ、ヒ、ミ、リ。ウ列のウ、ク、ス、ツ、ヌ、フ、ム、ユ、ル。ハ行のハ、ヘ、ホ。ア行のオ。それからン」

これらが最後の音になるとき「ハン」はいい辛く聞き辛いといっていられる。「坊《ぼ》ンサン」というが「坊ンハン」とはいいにくい。「奥サン」といっても「奥ハン」はない。

しかし、「学生ハン」はある。

「あんた、学生ハンか」

というと、やや軽侮をひびかせた親愛である。「奥サン」「婿サン」も、

「ウチのヨメハンがな……」

と、自分の妻を指すと、いかにも「荊妻《けいさい》」「山の神」「愚妻」という謙譲語に加え、わが宿の妻、配偶者という親愛感をひびかせる。

「えらい、ええムコハンやないか」

と親類の人にほめられたりすると、女は今更のごとく、うれしくなる。

「しかし、大阪弁は『ハン』『サン』だけではないので、ややこしいですな」

と熊八中年はいう。

「人により、『ヤン』となる人もいます。田端義夫の『バタヤン』なんかそうです

が、竹ヤン、佐々ヤン。それに落語によく出てくる喜イヤン」

「それにお多福のことを『オタヤン』」

と私もいった。

「それから、『ツァン』となるのもありますな。やっぱり落語に出てくる雀のお松ツァン」

「元禄は八年、大坂・千日前で心中したという、三勝《さんかつ》半七の半七ツァン」

と私もいい、

「ツァンになるのは分ります。前の音が『ツ』のとき、奈良の大仏ツァン、というようになる。人の名前でも『お勝ツァン』とよびますね。唐人お吉でも、大阪に住んでれば、『お吉ツァン』とよばれてたにちがいない。『鶴松ツァン』もそうね」

「しかし、怪しいのは『ヤン』です。『ヤン』をつけられる、つけられない、は、最後尾の音にもよりますが、しかし、相手の人格にもよる気がする。なぜある者は『チャン』であり、ある者は『ヤン』であり、ある者は『サン』『ハン』であるのか」

しかし、そう慣用語でわけられてしまうのだ。

強いていえば「ヤン」は「ハン」より、もひとつ、軽く扱われ、そのくせ、親しみの度合は反対に深くなる。「あのアホが」という意味もひびかせ、ここの「アホ」はむろん、かぎりなき連帯感である。

「われらの……」

という含みさえある。それにくらべれば「チャン」はよそよそしい。

「太アヤン」「忠ヤン」など名前につけられる御仁を思い浮べてみるに、みな、それらの男たちは（ヤンを女につけることはない）無防備で、裏も表も見すかされ、手の内をよまれ、人の愛顧をうけるユニークな個性の持主である。あいつならこんなことをする、とよく知られその性癖を愛される、そんな所があり、必ずしも軽侮をともなわない。

「私なんぞはその手やと思いますが、熊サンとはいわれても、熊ヤンといわれないのはけったいですなあ」

と熊八中年はいう。しかし、熊サンなんぞは「お爺ィヤン」といわれるのだ。そしてこの場合は、親愛感よりも侮蔑一辺倒となり、約まって「オッジャン」と発音されるのである。

てんか

私は子供のころに、祝儀・不祝儀を問わず、包紙の裏に書かれる金額の「一金拾圓也」「一金五圓也」などの「也《なり》」の字を「や」とよんでいた。漢字を崩してあるので平仮名の「や」にみえるのだ。あらたまった場合に、

「十円や」

「五円や」

と口語体で書いてあるのはおかしいと、子供心にも不審であった。

なぜ、

「十円です」

「五円です」

と、ていねいに書かないのだろう、と思っていた。私は大阪弁の語尾に必ずつける、「ヤ」を、下品なものと、子供心に恥じているのである。かつ、当時の昭和十年代前半の小学校では標準語が敬語になっていて、教師には「そうです」「ちがいます」などという言葉を使わなければいけない。子供たちに対して標準語教育は徹底的におこなわれていたのだ。

その結果、大阪弁は、「ハレ」と「ケ」でいえば、「ケ」中の「ケ」であり、下品なものと貶《おと》しめられていたのだ。

大阪弁にも独特の敬語はあるのだが、昭和も十年代前半にはいると、死語になっている。

「だす」という語尾が、ふつうの大阪弁では敬語であったが、子供が使うにはもう、古めかしすぎるのだ。

「ごわんな」「ごわへん」「ござります」などの丁寧語を、オトナたちは日常、使っていたが、『キンダーブック』や『講談社の絵本』や『少年倶楽部』『少女倶楽部』『セウガク一年生』などを毎月読んでいる、人智のすすんだ「昭和の子供」は、もはやそんな旧幕時代のようなコトバは使えない。敬語はすべて標準語に統一されるのは当然である。

しかしいかなる標準語も、日常の中へははいりこめない。いや、現在はテレビや映画、ラジオの影響で、かなり大阪弁を、標準語が蚕食《さんしょく》しつつあるが、それでも、どうしても染まり切れないのは語尾である。

今回はそれを、考えてみよう。

大阪弁から、ついに抜けないのは語尾であるとすると、語尾こそ、大阪弁を形づくる特徴であるということもできる。

その中でもっとも、他国人の耳に立つのは、「や」であろう。京都弁の「え」は、いかにも王城の地らしく優雅に聞きならされるのに、大阪へ来て「や」を耳にすると、猥雑・下品でならん、という人も多い。

「そうえ」「お休みやしたらどうえ」

の大宮人《びと》風ゆかしさに対し、

「そやそや」「何や、どないしたんや」

の下賤なはしたなさ。はしたないくせに向う意気は強くない。

「や」はもと「じゃ」からきたものだが、東京弁ではこれが「だ」になる。京都弁の「え」はしばらく措くとして、「だ」と「や」とでは、まるきり響きがちがう。演説の最中、サクラが「そうだッ！」と入れると、ぐっと雰囲気が盛りあがって弁士・講師の舌はいっそう熱を帯びるであろう。

ここへ大阪弁の掛声が、

「そやそや」

と入ると、腰摧《くだ》けも甚だしい。むしろひやかしているようにきこえ、所期の目的を果せない。

コトバすべてを「や」がなだめ、丸め、トゲを抜き、やわらげてしまう。

「や」についでは、「な」「ねん」「わ」などという語尾が頻用愛用されるが、これらは男女共用である。

私の小説の主人公たちはほとんど大阪弁を使う。読者の女性が手紙をくれて、その人は関西出身なので大阪弁に違和感がないせいもあり、私の小説を主人にも読ませようとすると、「男が女みたいなコトバを使って、読むに堪えない」と主人は拒否したそうである。それは私には面白かった。私は、東京弁の小説を読んでいて、老婦人の使うコトバが、男か女か分らなくて、味気ない思いをする。東京弁の男は、男らしく読まれ、若い女も、語尾は「わ」や「わよ」「ね」がつくので、やさしく読みならわされるのであるが、中年老年婦人は小説で読むとたいてい、

「そうかい」「いやだねえ」「行くのかい」「いけないよ」

などと色けのない、男っぽい語尾である。

これが大阪へくると、字づらでみたら、全く男か女かわからぬ柔媚な語感になる。

「僕、知らんわ」

「あいつ、こんなこと、言いよんねん」

「あいつには黙って行こな」

「オレ、言いたいねん」

こういうのは、僕・オレ・あいつ、などのコトバがあるから、しゃべっているのが男とわかるので、語尾の性差はない。東京弁とはそこがちがう。

尤も、下品な言葉になると、男性だけが使うものに「じゃ」とか「どォ」などというのがあり、

「お前、何じゃ。そんなこととしてええ、思《おも》とんのかッ!」

などという場合は、意味を強めるため、「何や」よりは「何じゃ」を用いる。女なら、いかに怖い姐さんでも「じゃ」は使わない。

「どォ」もケンカ出入りの用語である。

「撲《は》ッ倒されッどォ」

などと用い、「撲ッ倒される」のは罵っている本人ではなく、相手なのである。

男性専用語尾には、このほかに、「わい」がある。これは大阪の鉄火コトバで、むろん志操高雅な士君子は使わない。長屋のオバハンなんぞが、ナマケモノの亭主を早く仕事に出そうとして尻を叩く、そういうときの返事として牧村史陽氏の用例によれば、

「やかまし言はんかて、今行くわい」(『大阪方言事典』)

などと用いる。

ただしかし、「わいな」とやわらいだ「な」が加わると女も使い、

「あいつ、女房《よめはん》居《お》るねんで。知らんねんな」

「知ってるわいな」

と、女が言い返す、

「知ってるけど、惚れたんやからしょうないやないかいな、ほっといてんか」

こうなると手がつけられないわけだ。而《しこう》してここには、大阪弁の語尾の特色がみんな出ている。

居るねんで、の「デ」であるが、これは標準語や東京弁の語感でいうと「だよ」とでもいうところであろうか。牧村氏はもともと、「ぞえ・ぞ」の転訛であると考察していられる。「行くぞえ」と古《いにし》えはいっていたのだが、現代大阪弁で「行くデ」になったものらしい。

ご存じ「王将」では、

のである。

「小春ゥ。死んだらあかんでェ」

と観客の紅涙をしぼるところで、この間《ま》のびした「で」が、哀調切々と聞かれる

加山雄三サンに大阪弁で歌ってもらうと、

「僕はもう一生、あんた離せへんデ」

となるのだ。「旅笠道中」の歌詞に、

〽情けないぞえ　道中しぐれ……（藤田まさと作詞）

というのがあるが、これも「情けないでェ」

というところであろう。

これが「て」になると、また少し意味がちがい、

「わかってる、て。僕かて子供やない、て」

というと、「子供やないで」の示威、恫喝よりぐっと軽くなる。また、「……そうな」「……だって」という意味にも用い、その例としては前田勇氏の『大阪弁』（朝日選書）に、流行歌の、

〽思い出したんだとサ、逢いたくなったんだとサ……（「あの娘が泣いてる波止場」高野公男作詞）

を大阪弁で歌うと「思い出したんやテー、逢いとうなったんやテー」となり、軽快な用法と思われる語尾でさえも、淡白な味は少ない、といわれている。語尾のために、オール大阪弁はモッチャリした感じになってしまう。

「わいな」に対して「かいな」、これもよく使われるコトバで、聞いてると浄瑠璃の文句のようだが、私などもごく普通に日常語に使う。

「命まで賭けた女てこれかいな」（梅里）という川柳にみられるように、「かいな」は感嘆の助詞であるが、

「ほんまかいな」

というように疑問の意味をひびかせるときもあり、「そんなこと、オレがするかいな」と否定を強める場合もある。

熊八中年はこの用例として、いちばん好きなものに、

「女心と秋の空

かわりやすいやないかいな」

というドイツをあげた。しかしこれは私の記憶では、たしか森田たまさんの『もめん随筆』に「男心と秋の空　かわりやすいじゃないかいな」と、古い手鏡の蒔絵にあった、というのを読んだことがある。どっちでもよいが、「かわりやすいじゃないかいな」とやると、江戸っ子弁である。

「僕は、『わいな』『かいな』がいかにも大阪の語尾らしくて好きですが、これ、『な』をつけるから、昔風にやわらこうなるので、つけなんだら、コワイ言葉でっせ」

と熊八はいった。

「行くワイ、とどなると、おお、早ういきさらせ！　と返事しとうなる。そんなことするカイ、といきまくと、うそつけ、したやろ！　と売り言葉に買い言葉、一ことの『な』で、ぐっとやわらぐ、そやから使い方がむつかしい。そこへくると庶民中の庶民的なコトバは『てんか』でしょうなあ」

熊さんは、大阪弁のうち、もっとも大阪弁らしきものを一つあげよ、といわれれ

ば、

「……てんか」

だという。

「何しろ、『てんか』というのは、何々してくれ、という意味、命令としては強さはかなりうすめられていますからなあ」

「それはそうですが、私は、もっとも大阪弁らしいものとしては、やはり語尾の『や』をあげたいですね。『早くしろよ』とせかしたのではケンカになるところを、『早うしてや』というたんでは『ハイハイ、お待たせしまんなあ』と尋常に、しおらしき返事になり、ケンカになりません。『早うええ板場はんになりや』『早うええ婿はん見つけてや』『早う課長さんになってや』『お金貸してや』『飲ましてや』みな、当りがやわらかくなり、この世にイガミ合いはなくなります」

「そういう点からいうたら『てんか』の方はもっと強い」

熊さんは負けていず、

「たとえばアクションドラマ、ハードボイルドのタンテイ小説なんか、『黙れ』『出ていけ』『手を上げろ！』『ピストルをよこせ！』なんかのセリフにみちみちてますなあ」

「ハイハイ」

「あれはみな東京弁、標準語」

「そうです。大阪弁は必ず語尾に命令形をゲタばきさせる。一刀両断の簡潔な命令形はありませんから」

「すると、『黙っててんか』『出ていってんか』『手エ上げてんか』『ピストル抛《ほ》ってんか』などと用い、かなり緊迫感が緩和される。大阪弁の００７や、フィリップ・マーロウ、さてはリュー・アーチャーなど、やっぱりパッとしまへん。大阪弁はウソつかれへん。荒唐無稽のオトナのお伽話のウソをあばいてしまう。まことにリアル。この点で、『てんか』を大阪弁の代表にしてんか」

あとがき

この本は大阪弁に関するエッセイ的考察であるが、むろん、これで大阪弁のすべてが網羅されたわけではなく、また、同じ言葉でも年を重ね世を経るごとに、意味が深まり、人の世のあれこれを思い出すことも多くなるものである。されば、第二第三の『大阪弁ちゃらんぽらん』を書くときがくるかもしれないが、まずはともあれ、ひとくぎりをつけて、私の『大阪弁ちゃらんぽらん』を世に送ろうと思う。

大阪弁については先覚のご研究も数多いが、この本で主として参考にさせて頂いたのは牧村史陽氏の『大阪方言事典』（杉本書店刊）である。そのほかに前田勇氏の『大阪弁の研究』（朝日新聞社刊）などがあるが、わけても『大阪方言事典』は学問的というより、市井の人情風俗が活写され、大阪弁の抑揚口吻《こうふん》をそのまま耳もとできく感があって面白い。けだし近世の名著というべきであろう。

私は、氏の定着された戦前の大阪弁文字化のあとをつぎ、終戦から現代までの大阪弁の雰囲気を伝え、とどめようと試みた。

言葉は流転し変貌するが、しかし精神風土まで変易しはしない。時代により、さまざまな言葉が生まれ、廃《すた》れしながら、独得のニュアンスは失われることなく、つづいていく。

私は大阪生れの大阪育ちなので、小説を書くときも大阪弁を操る人を登場させ、時とすると地の文まで大阪弁を使ったりする。それは大阪弁の本義的なものをつねに考え探る作業でもあった。長年のあいだ大阪弁について思いをひそめていたので、こういう本を書きたいという気がたえずしていた。

大阪弁（ひいては方言全体）をおとしめ、軽視し、標準語を正当なものとする考え方はいまもなお、さかんである。私はそういう考え方こそ日本語を貧しくし、庶民文化の活力を削《そ》ぐものだと思っている。庶民が使う言葉は、地力《じりき》のあるもので、生々と芽をふき枝葉を張る、おのずからなる生命力を秘めたものである。日本語の乱れ、というのは、むしろ、方言が標準語に吸収され、方言独自の生々発展の力を失い、ひいてはその地域に住む人々の心まで廃頽、萎縮させてしまう、そのことを指すのではないだろうか。その意味で、いろんな地方の『××弁ちゃらんぽらん』が書かれるとよいと思う。

一九七八年五月

田辺聖子

解説

長川千佳子

何という贅沢な余韻だろう。

本書は知とユーモアに彩られた辞書であり、そこから展開される大阪人論、大阪文化論は、共感と発見に満ちていて、読み終えてもまた何度でも読み返したくなる。

それにしても、いつ頃からだろうか。「でんがな」「まんねん」「でっか？」たちが大阪弁の代表となり、「コテコテ」「がめつい」とセットになって全国に広まり、定着してしまったのは。

そのことにずっと抵抗感があった私は、二〇〇六年に田辺聖子さんの半生をドラマ化した、ＮＨＫ連続テレビ小説「芋たこなんきん」の脚本を担当することになった時、なるべく正確に、生き生きとした大阪の言葉で台詞を書きたいと思った。

まさにこの『大阪弁ちゃらんぽらん』に登場する豊かな大阪のことばで……！

本書で取り上げられている大阪弁論で真っ先に触れたいのが、「やわらかさ」である。大阪弁はキツイという印象を持つ方からすると意外に思われるだろうが、実はとても柔らかいのだ。

「そやそや」「何や、どないしたんや」。

「コトバすべてを『や』がなだめ、丸め、トゲを抜き、やわらげてしまう」(「てんか」)

と田辺さんがおっしゃるように、「そうだ！」「どうしたんだ⁉」という標準語と比べるとかなりソフトだ。

また、「てんか」という語尾がある。「何々してくれ」の意味で、「早くしろよ」ではなく、「早うしてや」と言うことで緊張は緩和する。

「大阪弁は必ず語尾に命令形をゲタばきさせる。一刀両断の簡潔な命令形はありませんから」（「てんか」）

たとえば上司に「〇〇さん、今日も残業してんか」と言われたら、「課長、パワハラです！」といきり立ちにくく、せいぜい「また残業やて、いやらしわぁ……」である。

ここで使う大阪弁の「いやらしい」は、卑猥《ひわい》な意味ではない。

牧村史陽著『大阪方言事典』には、「嫌だとはつきり言はずに、〝イヤラシイ〟とぼかしていふ」とある。

「『おおいやだ』という語が、大阪へ来たら『いやらしい……』とおぼめかして使うのだと思えばわかりやすいのであるが」（「チョネチョネ」）

出かけようとして雨が降ってきた時にも「……いやらしなぁ」と使う。小声の「オーマイガッ」である。やわらかく意思を伝える表現言葉だ。

「ややこしい」も、またしかり。

「ややこしいことという人やなあ」は、「わけのわからぬことをいう人や」という非難だが、「言葉がやわらかなので、耳ざわりがいい」（「ややこしい」）

「ややこしいのんに逢うてしもた」「あの会社、ややこしいで」「ややこしい話やったら聞けへんで」などとも使い、それぞれ意味合いは変わってくる。実にややこしい！

ちなみにこの「ややこしい」について織田作之助は『大阪論』の中で、「これほど大阪の性格を、つまり大阪的なものを、一語で表現し得た言葉は、ちょっとほかに見当らぬだろう」と書いている。伝統的にややこしい、のである。

さてでは、この一筋縄ではいかぬ、ややこしい大阪のややこしい大阪弁は、いったい、どのようにして成り立ったのか。

田辺さんはこう説明する。

「大阪弁のあいまいさ、多元的な語意、四通八達のニュアンスなどは、商業上の必要から、長い年月をかけて磨きぬかれたものだ。（中略）大阪は王城の地の御畿内《きない》だ。一千年伝え伝えた社交技術の、粋《すい》ともいうべき京の言語文化を基盤として、そこへ、商業都市三百年の伝統が加わる」（「あんばい」）

城を失くしたあとの大阪は、町人の都市として大きく経済発展を遂げた。明るい諦観と、商いで世を渡る知恵、たくましさ。それが、何ものにも規定されたり、とらわれたくない、自らが発した言葉にすらもとらわれまいとする柔軟な大阪弁の精神を培ったのではないだろうか。

もちろん、やわらかいだけでは生きては行けない。時には「なにさらしてけつかんねん！」「あんだらめ！」と勢いよくやり合うこともある。

罵詈讒謗《ばりざんぼう》、下品なコトバ、それもまた田辺さんの言う「大阪商人の輝ける猥雑さ」を表す大阪弁の魅力である。

私の両親はともに戦前の大阪生まれで、祖父の職を継いでテーラーだった父は、型紙を広げては「いやらしい寸法やなぁ」「ややこしい柄やなぁ」とよくボヤいていたし、黒門市場で海老の卸しをしていた母方の親類が集まって陽気に酒を呑む時には、まさに本書に出てくる商売人特有の大阪弁がぽんぽん飛び交った。子供たちはいちびり、度を超しては「ほたえるなっ」と怒られ泣いた。

そんな環境だったから、本書にはひときわ懐かしさを感じるのはもちろんなのだが、私が特に惹かれるのは、毎回登場する「熊八中年」との丁々発止のシーンだ。

大阪弁とは言葉の種類、語尾、イントネーションだけでなく、会話の中に最も特徴を持つ方言だと思う。

前述のドラマを作る際、演出スタッフにしばしば「このひとことは削っても意味は通じますよね」と台詞のカットの提案をされることがあった。そうおっしゃるのはだいたい標準語圏の方である。「一見意味のない無駄な言葉を連ねる会話こそが、実は、大阪弁の肝なんです」と私はいつも主張した。相づちや反復、茶々を入れる——つまりリズムだ。

大阪人の暮らしには、浄瑠璃、芝居、落語が他の地域以上に、色濃く入り込んでいる。語りにこそ、大阪弁の魂は宿るのだ。

熊八中年と著者とのやりとりには、そういった大阪弁の最大の魅力が潜んでいる。

田辺聖子作品を読む時、架空の登場人物たちであるにも関わらず、まるで直接肌が触れあった人であるかのような親密さを感じることが多い。これは自分が育った土地の言葉だからだろうか。いや、決してそれだけではないと思う。

その町で生まれ育ち、汗を流し、メシを喰らい、歌を歌い、笑い泣き、愛を語る人間たちの日々の営みを、その土地の言葉で描く物語。そこには言語を超えた、プリミティヴな信頼感を引き寄せる大きな力があるのではないか。

「……大阪弁を使った小説をかいてきたが、どれも排他的な大阪弁礼讃ではない。大阪弁の効果を利用するが、大阪弁をつきぬけたものをめざしているわけ」（「あんばい」）

と語る田辺さんの、目指しているものすべてがわかるわけではないけれど、こういうことも含まれているのではないだろうかと思う。

私は今、沖縄県の石垣島という離島に住んでいる。

子供たち、働く男たち、女たち、半分以上聞き取れないおじいやおばあのやりとりを耳にして、ああ、八重山地方の方言もまたエネルギッシュで、温かくユーモラスで、ちゃらんぽらんだなあ、と思う。

「にいふぁいゆー」（ありがとう）、「おーりとーり」（いらっしゃい）、「まるまーさん」（とてもおいしい）、「ちゃーがんじゅう」（とても元気）、「あがやー！」（オーマイガッ）。

土地ごとに咲く言葉の花々は、何と優しく逞しいのだろう。

日本にあふれるたくさんの花――方言――で綴られた物語をもっともっと読みたいと思う。

そして故郷の花を見たい時には、本書を、田辺聖子作品を何度も手にとるだろう。

新作が読めないのは、とても寂しいけれど、しんきくさい顔をしていたら怒られそうだから、笑いながら読み進もう。ややこしくて、ナンギな大阪を思いながら……。


（おさがわ・ちかこ　著述家／Ｂａｒ店主）

本書には今日の歴史・人権意識に照らして不適切な語句や表現も見られますが、時代的背景と著者が他界していることを鑑み、原文のままとしました。

（編集部）

『大阪弁ちゃらんぽらん』一九八一年八月
一九九七年三月　改版
いずれも中公文庫

本書は一九九七年の改版を底本とし、新しく解説を加えた新装版です。

JASRAC 出 2005620-102

中公文庫

大阪弁《おおさかべん》ちゃらんぽらん
――〈新装版《しんそうばん》〉

1981年 8 月10日　初版発行
2020年 7 月25日　改版発行
2021年 9 月30日　改版 2 刷発行

著　者　田《た》辺《なべ》聖《せい》子《こ》

発行者　松田陽三

発行所　中央公論新社
〒100-8152　東京都千代田区大手町1-7-1
電話　販売 03-5299-1730　編集 03-5299-1890
URL http://www.chuko.co.jp/

ＤＴＰ　嵐下英治
印　刷　三晃印刷
製　本　小泉製本

Published by CHUOKORON-SHINSHA, INC.
Printed in Japan　ISBN978-4-12-206906-0 C1195

中公文庫既刊より

各書目の下段の数字はISBNコードです。978－4－12が省略してあります。

さ-18-7
男の背中、女のお尻
佐藤 愛子
田辺 聖子
女の浮気に男の嫉妬、人のかわいげなどを自在に語り合い、男の本質、女の本音を鋭く突いた抱腹絶倒の対談集。中山あい子、野坂昭如との鼎談も収録する。
206573-4

た-28-12
道頓堀の雨に別れて以来なり　川柳作家・岸本水府とその時代(上)
田辺 聖子
大阪の川柳結社「番傘」を率いた岸本水府と川柳に生涯を賭けた盟友たち……上巻は、若き水府と、柳友たちとの出会い、「番傘」創刊、大正柳壇の展望まで。
203709-0

た-28-13
道頓堀の雨に別れて以来なり　川柳作家・岸本水府とその時代(中)
田辺 聖子
川柳への深い造詣と敬愛で、その豊醇・肥沃な文学的魅力を描き尽す伝記巨篇。中巻は、革新川柳の台頭、水府の広告マンとしての活躍、「番傘」作家銘々伝。
203727-4

た-28-14
道頓堀の雨に別れて以来なり　川柳作家・岸本水府とその時代(下)
田辺 聖子
川柳を通して描く、明治・大正・昭和のひとびとの足跡。川柳への深い造詣と敬愛でその豊醇、肥沃な文学的魅力を描く、著者渾身のライフワーク完結。
203741-0

た-28-15
ひよこのひとりごと　残るたのしみ
田辺 聖子
他人はエライが自分もエライ。人生はその日その日の出来心——七十を迎えた「人生の達人」おせいさんが、年を重ねる愉しさ、味わい深さを綴るエッセイ集。
205174-4

た-28-17
夜の一ぱい
田辺 聖子
浦西和彦 編
友と、夫と、重ねた杯の数々……。四十余年の長きに亘る酒とのつき合いを綴った、五十五本のエッセイを収録、酩酊必至のオリジナル文庫。〈解説〉浦西和彦
205890-3

た-28-18
隼別《はやぶさわけ》王子の叛乱
田辺 聖子
ヤマトの大王の想われびと女鳥姫と恋におちた隼別王子は大王の宮殿を襲う。「古事記」を舞台に描く恋と陰謀と幻想渦巻く濃密な物語。〈解説〉永田 萠
206362-4